# 紳士アルファと甘い婚礼

CROSS NOVELS

秀 香穂里
NOVEL: Kaori Shu

八千代ハル
ILLUST: Haru Yachiyo

CROSS NOVELS

# CONTENTS

CROSS NOVELS



CONTENTS

# 紳士アルファと甘い婚礼

秀 香穂里

*Kaori Shu*

*illustration*

八千代ハル

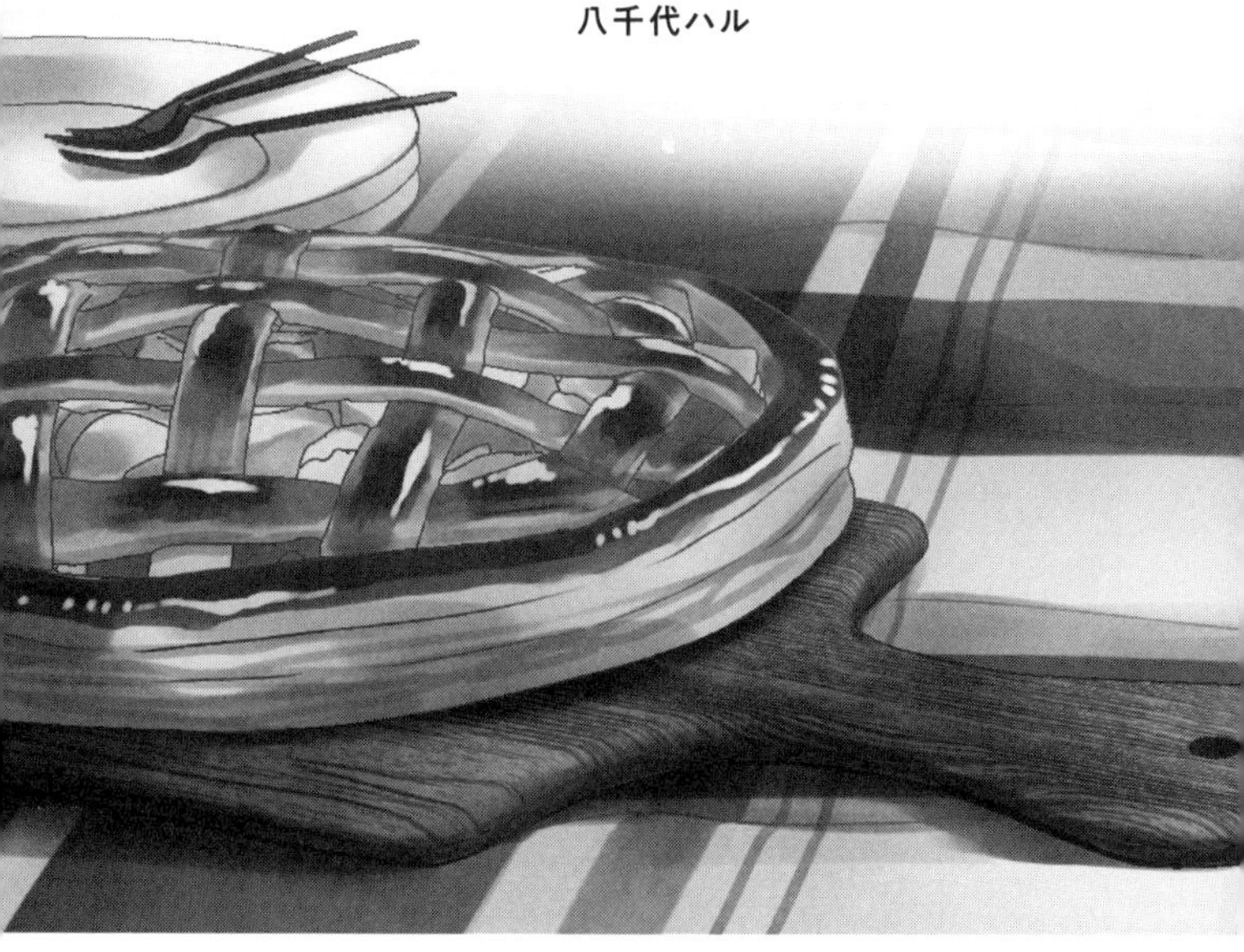

# 1

なんだかついてない。

胸の奥に溜まった重い塊《かたまり》を吐き出すように、石野尊人《いしのみこと》は履《は》き慣れたコンバースの爪先《つまさき》でアスファルトを蹴る。

就職活動はうまく行かないし、ファミレスのバイトは先週クビになったばかりだ。

十二月の晴れた土曜の午後、空気は頬《ほほ》を切るように冷たいけれど、この澄みきった空気は嫌いじゃない。

いいことないかな。

胸の裡《うち》で呟《つぶや》き、首に巻いたマフラーから顎《あご》をそらして、青い空を見上げた。週末の今日、とくに予定がない尊人は午前中のうちに独《ひと》り暮らしのアパートで洗濯を終え、気分転換に外に出てきた。家でパソコンと睨《にら》めっこし、自分を採用してくれる会社の動向を探り続けるのも限界がある。

九州《きゅうしゅう》から単身上京し、もう三年。桜が咲く頃には二十一歳、大学四年生となる尊人はつかの間のエアポケットに落ちていた。

すこしばかり貯金はあるので、すぐに生活に困るということはない。しかし、この奇妙な頼りない感覚にはなかなか馴染めなかった。

誰もが地に足を着けているだろうに、自分だけふわふわと覚束《おぼつか》ない。大学をこのまま卒業してしまえば立派な無職だ。

大学は冬休み中だ。次のバイトを探そうにも、年末が迫っているだけにいささかタイミングが悪い。短期アルバイトならあるだろうが、気持ちとしては長期で勤めたい。

東京《とうきょう》下町のアパートから電車を乗り継ぎ、やってきたのは日比谷公園《ひびやこうえん》だ。寒い日でもきらきらと陽射しはまぶしく、嬉しそうに手を組んで歩く恋人同士も多い。家族連れもたくさんいる。それもそのはずで、土曜の今日、ここではクリスマスマーケットが開催されているからだ。

日比谷公園はここ数年、十二月の初旬からクリスマス当日まで大賑わいだ。ホットワインやホットショコラを片手にフードショップを練り歩き、デコレーションされた園内を楽しむという趣向らしい。

尊人もホットショコラを買い求め、ふうふうと湯気を吹きながらゆっくり飲む。ほろ苦い甘さが冷えた身体に染み渡る。

右を見ても左を見ても仲のいいひとだらけだ。シングルで来ているのは自分だけじゃないだろうか。

恋人いない歴二十年をいまさら呪うわけではないけれど、やっぱりひと恋しい。バイトを優先したせいで大学ではろくにサークル活動をしていなかったので、友だちもごく少数だ。

それ以前に、尊人は自分に近づくひとびとに慎重だった。

前向きで、ここぞというときの勇気もあるほうだけれど。

オメガだからだ。


この世界は、男女という性別に加え、アルファ、ベータ、オメガという三つの第二性が存在する。

ピラミッドの頂点に君臨するのはアルファ。男女ともに優れた容姿と才能を生まれ持ち、終生華やかな道を歩む。政財界のトップはほとんどアルファで占められており、芸能界、スポーツ界でも活躍するのはアルファだ。この第二性を持つ者はすくないこともあって結束が強く、個々に繋《つな》がりを持っている。

ベータは一番数が多いため、見た目も思考回路も平均的で、穏やかなひとびとだ。ベータの存在があるからこそ、この世界はうまく回っているともいえるだろう。

そしてオメガ。男も女も子宮を持ち、子どもを生《な》すことができる。凛《りん》とした美しさを誇るアルファとは違い、どことなく影のある妖艶さをまとうオメガは三か月に一度、発情期に見舞われる。その際、どんな屈強な精神を持つアルファすら抗《あらが》えない濃密なフェロモンを発し、性の区別なくひとびとを誘惑してしまう。

そういった性質だからか、オメガは昔から事件、事故によく巻き込まれていた。美しいオメガをさらう者、地下組織に沈める者。海外に売り飛ばす者。

オメガはひとの性欲を強く煽《あお》るため、奇異な玩具扱いにされてきたのだ。

発情中、オメガ自身も欲に呑《の》み込まれ、他人と身体を繋げることしか考えられなくなる。セックスで身を滅ぼすオメガは世間から好奇と哀れみ、ときには侮蔑《ぶべつ》のまなざしを受けてひっそり生きてきた。フェロモンを抑えるために、昔は軽い電流が流れる首輪をはめられたこともあったのだとか。

しかし時代は変わった。オメガの不憫《ふびん》さをそのままにしてはおけないと、一部のアルファとベータが声を上げ、オメガ保護団体が設立されたのだ。そもそも、男でも妊娠できるという謎は医療技術の発達したいまでも徹底的に解明されていない。

首輪の代わりに効き目のいい抑制剤も次々に開発され、いまでは街の病院のオメガ科に赴けば、処方箋《しょほうせん》を書いてもらえるまでになった。

それでも、まだ根深い偏見はあるものだ。首輪を巻いておらず、一見してオメガとはわからずとも、進学や就職の際には第二性を伝える必要がある。ヒート休暇《発情期》をもらうためだ。

発情期はたいてい一週間続く。その間、オメガはひとと交わることしか頭にない。それが犯罪を誘発しないためにも固定のパートナーや抑制剤が必要になる。荒れ狂う欲情を抑えるのは並大抵のことじゃない。

尊人はオメガとして比較的穏やかに生きてきた、と自分でも思う。

ただし、実家との折り合いは悪かった。中堅の貿易会社を共同経営している両親は尊人が生まれても忙しく、幼少期からずっとベビーシッターに任されてきた。

夏休みに出かける、年にたった一度の旅行だけが想い出だった。五歳下の弟、眞琴《まこと》がいたことは救いだったと思う。

元気いっぱいで可愛かった眞琴。『おにいちゃん、おにいちゃん』とちょこまかあとをついてきて、なにかにつけて一緒に遊びたがったし、夜は中学生に上がるまでは同じベッドで眠っていた。

そんな眞琴がいなかったら、自分の裸にある愛情を持て余していたことだろう。

誰かを好きになりたい——好きになってほしい。

両親から頭を撫《な》でられた想い出もなかったので、大きな手でくしゃくしゃと髪をかき回してくれるような存在をずっと求めてきた。

いつか、自分にも運命の番《つがい》が現れるのだろうか。

運命の番《つがい》——それは、アルファとオメガが互いにたまらなく惹《ひ》かれ合う関係のことを指す。

本能に従って、目と目が合ったときからこのひとしかいないと強く願い、相手の子を宿したいと思うのがオメガという生き物だ。

行き交う恋人たちを羨《うらや》ましく眺めながらホットショコラを飲み終えたら、園内を一周してしまっていた。ホットスナックを買ってもいいのだが、どこのベンチもひとで埋まっている。

やっぱり独り身だと肩身が狭い。

このまま銀座《ぎんざ》か新橋《しんばし》方面に出て、早めの夕食でも食べて帰ろう。

天気のいい日だったから、賑わう銀座を通り越し、新橋に出た。居酒屋やレストランは軒並み十七時以降に開く。だったら、今日は無理せず、駅前のカフェで軽く食べようと考えながら新橋駅の構内を通り抜けると、カラフルなバルーンで飾りつけられた場所に突き当たった。

ここもクリスマス関連のイベントだろうか。だけど、飲んだり食べたりしているひとはいない。

その代わり、ひとびとが中腰になって興味深そうにずらりと並ぶ台をのぞき込んでいる。

なんだろうと興味を引かれ歩み寄ってみると、そこにはカプセルトイ、いわゆるガチャガチャの台がたくさん設置されていた。

子ども向け、というのはひと昔前の話だ。いまどきのガチャガチャは大人でも楽しめる玩具が入っている。精密に作られたスポーツカーや、懐かしいロボット、可愛らしい食玩サンプルに、ボタンを押せばさまざまな行進曲が流れるラッパのガチャガチャもある。

「へえ……こんなのもあるんだ」

ガチャガチャなんて子どもの頃以来やっていない。隣では人形用に使う食器セットを引き当てた女性たちが歓声を上げていた。

ひとつひとつじっくり眺め、こうもバリエーションがあるものかと感心し、最後の台で足を止めた。

『チャリティガチャ』と名づけられたそれには、『憧れの芸能人やモデルと会えちゃう券が入ってるかも！　この代金は児童施設にすべて寄付となります』と但し書きがあった。

憧れの芸能人に会える、なんて夢のような券が当たるのか。台の表面には尊人も知っている人気ミュージシャンや俳優、モデルたちの顔写真が掲載されている。みんなにっこり笑っていた。

代金は、というと、一回三千円だ。

ガチャガチャにしては高額だ。たいてい、百円、三百円、五百円のものが多いなか、このチャリティガチャは異彩を放っている。

物珍しさに惹かれた大人が結構いたのだろう。透明のケースをのぞくと、残っているのは赤いカプセルたった一個。

やってみようか。

三千円は確かに高いが、新橋で夕飯を食べたと思えばそれぐらいはする。それに、もうあと一個だし。

「残り物には福があるって言うもんな」

ボディバッグから二つ折りの財布を取り出し、千円札三枚をかぞえた。

それをガチャマシンに一枚ずつ呑み込ませていく。ダイヤルを握《にぎ》り、がちゃり、がちゃり、がちゃりと三回右に回すと、コツンと可愛い音が響く。

取り出し口に手を入れ、赤く丸いカプセルを掴《つか》む。中には折り畳んだ紙片が一枚きり。

ドキドキしながらカプゼルをねじ開け、紙片を開いてみる。

どんな芸能人と会えるのだろう。最近気に入っている野菜ジュースのＣＭに出てくる人気ダンスグループのボーカリストと会えたら飛び上がるほど嬉しいのだが。

ぺらっとした紙切れにはたった一行だけが書かれていた。

【宮原《みやはら》隆一《りゅういち》の婚約者券】

その下にはＱＲコードが印刷されている。

「宮原……隆一……？」

目が点になった。

ふと流れてきた音楽に顔を上げると、駅構内の柱に取り付けられた液晶ビジョンに、ずば抜けた美形の男性が映っていた。

『宮原隆一が極上の味わいをあなたに――』

金色のラベルが貼られた缶ビールを呷《あお》るスーツ姿の男性を惚《ほう》けたように見つめ、次の瞬間、慌《あわ》てて手元の紙切れに目を落とす。

――宮原隆一。

大型ビジョンの中で優雅に微笑む男性と、紙切れに書かれた【婚約者券】が一致しない。

「は？　なんの冗談……？」

あらためてガチャガチャの台を見る。もうケースの中は空っぽだ。それだけ大勢のひとがダイヤルを回していったのだろう。握手券か、チェキ券か。

だが自分が引いたのは、アルファで人気絶頂俳優の宮原隆一の婚約者券だ。

いったい、どういうことなのだ。

混乱しながらも、ＱＲコードをじっと見つめる。三秒悩んで、スマートフォンで読み込んでみた。

雑踏の中、スマートフォンにやたらシンプルな画面が映し出された。

nani
生
スーパー
生ビール
350ml

そこにはこう書いてある。

「おめでとうございます。あなたは宮原隆一の婚約者券を引き当てた超幸運の持ち主です。下の欄に、名前、住所、連絡がつく電話番号を記入してください。追って事務所よりご連絡いたします」

ヤバい案件ではないのか。ドッキリではないのか。個人情報を盗もうとしている集団が潜んでいるのではないか。三千円もしたのに、ドッキリだったらあんまりだ。

あれこれ考えるが、ページの一番下には宮原が所属するらしき事務所「ナイト・エンターテインメント」という社名と住所、電話番号が記されている。

汗ばむ指で電話番号をクリックしてみた。すぐにコール音が響き、落ち着いた女性の声に切り替わった。

『はい、ナイト・エンターテインメントでございます』

「すみません、間違えました」

すぐさま通話を切るが、背中に冷や汗が滲《にじ》んできた。

事務所の存在は嘘じゃないようだ。

だったら、この素《す》っ頓狂《とんきょう》なチャリティガチャはいったいなんなのだ。

やっぱりドッキリの気がする。

また液晶ビジョンに宮原が映るのをぼうっと見つめ、息を吸い込む。

最近なにかとついていない日々だ。

ドッキリでもなんでも、こころを動かされる出来事がほしい。

この『婚約者』というのも、『一日署長』みたいなものかもしれないし。

推《お》し、というほどではないけれど、宮原みたいな男には素直に憧れる。洗練されていて、凜々しくて、美しい。俳優としての才能もある。アルファとして申し分のない男だ。

退屈な日々にちょっとした刺激をもたらしたくて、尊人はその場に立ち尽くし、スマートフォンにゆっくりと指をすべらせた。

雑踏の中に、きらめきがある気がした。

## 2

眠たい目を擦《こす》って枕元に置いたスマートフォンに手を伸ばし、アラームを止めた。朝の八時、今日も冷え込んでいるが晴れてはいるようだ。黄色のカーテンを透かしてまばゆい光が八畳のワンルームに射し込んでいる。

目覚めはいいほうだ。すぐにベッドから下りてカーテンと換気のために窓も開ける。途端に冷たい空気が頬に触れ、寒い、と肩をすくめた。深呼吸を三度繰り返したところで窓を閉め、ファンヒーターのスイッチをつける。フローリングなので冬場はもこもこのスリッパが欠かせない。

昨日、新橋から帰る途中に寄ったスーパーで、冬用のスリッパを買った。尊人の好きな黄色と白のボーダー柄だ。フランネルのパジャマにボアパーカを羽織り、キッチンへと向かう。

朝はだいたい決まっている。チーズを載《の》せた厚切りトーストに、ハムエッグ、くし切りのトマトだ。

慣れた手つきで支度し、ホットコーヒーも淹《い》れてこたつへと運ぶ。

八畳の部屋にはベッドとテレビ、本棚とこたつ兼テーブルぐらいのものだ。二階建てのアパートの角部屋が尊人の住《す》み処《か》だ。大学入学を機に独り暮らしを始め、ずっとここに住んでいる。

壁に掛けたカレンダーは残り一枚。来年用のカレンダーをそういえばまだ買ってなかったなと思い出しながらトーストを齧《かじ》り、たまごの黄身をフォークで割る。半熟が尊人の好みだ。

今朝も自分好みに焼くことができた。トーストはさくさく、もっちりしているし、塩胡椒《こしょう》で軽く味付けしたハムエッグも美味《おい》しい。

パンもたまごも使いきってしまったから、あとで買い出しに行かなければ。

テレビのエンタメニュースをぼんやり観ながら食事を進め、綺麗に食べ終えたところで食器を手に立ち上がる。

独り暮らしを快適にこなすコツは、洗い物を溜めないことだ。洗濯物も食器も、溜めると億劫《おっくう》になる。好きな音楽をかけながらぱぱっと片付けてしまえばいい。

スマートフォンから好きな音楽を流し、洗い物を終えたら、今度は洗濯物だ。といってもジーンズと長袖シャツ、下着一枚ずつがあるきり。こっちはもうすこし溜めてもいい。

洗濯物がないとなると、やることがない。

こたつに入ってノートパソコンを開き、就活のための必勝サイトをじっくり読む。

暗記できるぐらいもう何度も読んだサイトだ。

両親の影響もあり、希望しているのは輸入業界だ。忙しいふたりから放っておかれた寂しさはあるけれど、その美意識の高さには内心憧れてきた。誰でも知っている商社から、家族経営のような会社まで幅広いが、やっぱり大きな会社で勝負がしてみたい。汐留《しおどめ》に本社がある商社の国内外問わず輸入部門で働くことができればどれだけ楽しいだろう。業界的には厳しい風も吹いているが、自分なりの審美眼を信じて、あちこちからいい品々を集めてみたい。

アンティークな物から最先端な物まで。

幼い頃から古びた物が好きだった。美術館に飾られるような皿やティーカップはもちろんのこと、フリマで売られているような食器に雑貨、衣類も漏れなく。

ひとの手を渡って長年愛されてきた品々がこよなく愛おしいのだ。

他人より抜きん出ている、とまではいえないけれど、アンティークの品が好きだという情熱はある。それを生かすためにも貿易会社に就職したいのだが、なかなか難しい。エントリーシートの時点で撥《は》ねられてしまうのだ。

そんなに頭が悪いほうではない、と信じたいが、他人から見た場合はどうだろうか。思っている以上に愚直かもしれない。

貿易会社の営業ともなれば、笑顔や前向きな姿勢も大事だ。そこをどうか面接で見てほしいのだが、まだ希望の立ち位置に辿《たど》り着けていない。

サイトを読んでいたら落ち込んできた。

「宝くじでも当たんないかなー」

自分なんか必要とされていないと思い始めたらキリがない。こういうときは思いきって寒風に吹かれて散歩したほうがいい。

ぬくぬくしたこたつのスイッチを切るのと同時に、部屋のチャイムが鳴った。

宅配便だろうか。

「はーい」

キッチンの抽斗《ひきだし》に入れている判子を持って玄関に向かい、なんの疑いもなく扉を開けた。

「おはようございます。石野尊人さんですね」

「は……はい」

そこに立っていたのは、深いグレイのシングルコートを羽織ったスーツ姿の男性だ。三十代前半だろうか。メタルフレームの眼鏡をかけた理知的な男は、スマートな仕草でジャケットの内側から名刺入れを取り出し、硬い紙片を差し出してくる。

「こちらを。私は有働孝雄《うどうたかお》と申します」

もらった名刺には、『ナイト・エンターテインメント／チーフマネージャー　有働孝雄』と記されている。

「ナイト・エンターテインメント……」

「昨日、あなたは宮原隆一の婚約者券を引き当てましたね。ほんとうにおめでとうございます。本人たっての希望もあり、お迎えに上がりました」

「は、はい？」

流れるような話題にまったく乗れない。

「さあ、外に車を待たせています。どうぞ」

「どうぞ、って言われても……あの、俺」

「宮原が首を長くして待ってますよ」

嘘や冗談を言っているふうではない。

これはほんとうなのだ。現実なのだ。

ごくりと息を呑み、とりあえずダウンジャケットを羽織り、ボディバッグを引っ摑んだ。有働の言うとおり、黒い車がアパート前に停まっている。

大型の高級車に唖然《あぜん》としていると、有働がわざわざ後部座席のドアを開けてくれた。

「お乗りください。宮原宅までご案内いたします」

おそるおそるシートにすべり込む。しっとりしたレザーシートはふかふかした座り心地だ。有働は静かにドアを閉めると、運転席に腰掛け、ハンドルを握る。

「安全運転で参りますね。なにか音楽をかけましょうか」

「あ、あの……お構いなく」

「ではクラシックを」

優雅なヴァイオリンとピアノの音が流れ、車が走りだした。

ボディバッグをぎゅっと握り締め、尊人は窓の外を見つめる。

いまもって、自身になにが起こっているのか冷静に判断できない。

宮原隆一のことはテレビを通じてしか、観たことがない。

俳優の中でもトップクラスの人気を誇り、出演するドラマ、映画ともに多くの注目を集めている。涼やかな美貌《びぼう》の持ち主で、CMにもよく出る。昨日、新橋駅で観たビールのCMもそうだし、この秋冬新作のアイスクリームのCMもそう。『宮原効果』といわれるほどその波及力は凄《すさ》まじく、彼が登場するCMの商品はすぐに品薄になるぐらいだ。

そんな彼が、ほんとうにチャリティガチャに婚約者券を入れたのだろうか。なににも不自由していないように思えるのに。あれほどの美形なら、恋の相手だって困らないだろう。

それをなぜ、ガチャガチャになんか――詮《せん》ないことを考えているうちに車は都心に入り、麻布《あざぶ》へと向かう。

車が停まったのは、閑静な住宅街に建つ低層階マンションの駐車場だ。航空母艦のように横にゆったり広く、各戸のゆとりが外からも窺《うかが》える。

「どうぞ、お降りください」

有働が車のドアを開けてくれる。借りてきた猫のようにそろそろ降り出て、彼の案内に従い、エレベーターに乗る。

「宮原は五階に住んでいるんです。このエレベーターは彼のフロア直通で、専用のカードキーがないと動かない仕組みになっています」

最新式のホテルみたいだ。

人気俳優ともなれば、住まいには気を遣うのだろう。追っかけやパパラッチから身を守るためにも。

静かにエレベーターは昇っていく。軽やかなチャイムの音とともに停まれば、もう五階だ。

有働が先を歩く。降り立ったフロアは半円形で、とにかく広い。小ぶりの花台には美しい百合が生けられ、美しいソファまで設《しつら》えられている。

ここだけでもう、尊人のワンルームに匹敵する広さじゃないだろうか。

「こちらです」

有働がどっしりとした木製の扉の前に立ち、チャイムを鳴らす。一回押しただけなのに、中からぱたぱたと駆けてくる気配が伝わってきて、がしゃりとノブが回った。

「有働、待っていたよ」

扉が開くなり、とびきり凜々しく美しい長身の男が現れた。

その研《と》ぎ澄《す》まされた相貌に思わず見入ってしまう。艶のある黒髪に切れ長の目元、通った鼻筋、すこし厚めの上くちびるがなんとも色っぽい。

ぼうっと見とれる尊人に気づいたタートルネックニットにスラックス姿の宮原がにこりと笑いかけてきて、大きく扉を開いた。

「石野尊人くんだね、はじめまして。いまかいまかと待っていたんだよ。どうぞ、中へ」

「は、——はい」

内気ではないほうだと思うものの、人気俳優を前にしてさすがに声が上擦《うわず》る。

オメガには冴《さ》えた美形が多い中、尊人は明るいブラウンの髪に、どちらかというと甘めな可愛らしいと言われる容姿だ。なんでも映してしまいそうな大きな瞳を褒めてくれる同級生もいる。鼻やくちびるも形よく整っているけれど、鏡に映る自分に見とれるほどのナルシストではない。

男らしく、これぞアルファという堂々とした振る舞いの宮原の隣に立つのが恥ずかしくて、有働に背を押されながら室内に入った。

ヨーロピアン調のインテリアでまとめられた室内は、「ザ・金持ち」のひと言に尽きる。といっても、いやらしい雰囲気はない。全体的に品があるのだ。

廊下には花々の絵が飾られ、彫刻も置かれている。

「すごい、ですね……高級ホテルみたいです」

「お恥ずかしい。好きなものを集めただけだよ」

廊下の奥の扉を開けると、開放感にあふれたリビングが待っていた。

なんと、暖炉がある。都心だから本物の薪《まき》は焚《た》けないだろうが、煉瓦《れんが》を積み重ねて造られた暖炉に感嘆のため息を漏らし、大きく取られた窓から見える景色に目を瞠《みは》った。高台にあり周囲に高い建物がないので、見晴らしは抜群だ。

「さあ、とにかく座って。有働、飲み物を頼む。尊人くんはなにがいい？　紅茶？　コーヒー？オレンジジュースにクランベリージュースもある。呑めるならビールやワインでも」

口早に言われ、「クランベリージュースをお願いします」とやっとのことで言った。

なんだか、想像していたのとまるで違う。

テレビを通じて観ていた宮原は完成された大人の男で、何事にも動じなそうに思えた。

しかし、いま目の前にいるのはわずかに頬を紅潮させ、L字型のソファの突端に座ってしきりと足を組み直す男だ。

そわそわした宮原に温かいものを感じてくすっと笑い、ひとつ息を吐いた。

「ありがとうございます」

「どうぞどうぞ」

ちょこんと腰掛ける尊人の前に、有働が手際よくグラスを置く。宮原の手元にはコーヒーカップを。そして、ソファの端に腰を下ろす。

「あらためて、はじめまして。宮原隆一です。きみの婚約者だ」

「は――あの、……はじめまして、石野尊人です」

「学生さんかな？　もう社会人？」

「来年には大学四年になります」

「そうなんだね。きみほど可愛いオメガには初めて会ったよ。なんて大きな瞳なんだろう……こころの底まで映し出されそうだ。尊人くんには独特の華があるね。なんともいえない色香もある。美人は三日で飽きると言うけど、僕はきみを一年中見ていたいぐらいだ」

あり余るほどの賛辞がくすぐったい。恐縮した尊人は肩をすくめ、クランベリージュースに刺さったストローに口をつける。甘酸っぱくて、とても美味しい。

「そんなに褒めてもらえるほどのものでは……」

「婚約者券を当ててくれたのがきみでよかった。ほんとうに嬉しいよ。早速今日からここに住んでもらえるかな？」

「はい？」

怒濤《どとう》の展開についていけず、間の抜けた声が出てしまった。

どことなくわくわくした顔の宮原は組んだ両手に顎を乗せ、身を乗り出してくる。

「今日からきみと僕は婚約者という関係だ。婚姻届を役所に出す前にお互いをよく知ったほうがいいよね。大丈夫、きみ専用の部屋も用意してあるよ」

「え、え、いえ、あの、そんな突然」

「遠慮しないで。そのジュースを飲み終わったら、きみの部屋を見せよう。そうそう、トイレとバスルームもふたつあるから安心して。大学生だってことならいまは冬休みだよね。ああ、嬉しいな。婚約者とふたりで過ごす年末……いまから考えるだけでもうきうきするよ。ん、もう飲み終わったかな？　だったらこちらへどうぞ」

すかさず立ち上がった宮原が手を摑んできてどきりとした。

大きく、骨っぽい男の手だ。温もりが直接伝わってくることにドキドキしながら、引っ張られていく。

「7LDKあるんだ。僕らは婚約初心者だから、すこしずつ近づいていこう。きみの部屋はここだ」

廊下を出て一度曲がったところにある部屋の扉を、宮原が開ける。

「わ」

ほんとうにホテルみたいだ。十二畳ほどの室内にはダブルベッドとテーブルに椅子、空の本棚とテレビが用意されていた。クローゼットもあって、着替えを持ってきたらいますぐここに住めそうだ。

「どうかな、気に入った?」

かたわらに立つ宮原が顔をのぞき込んでくる。整いすぎて怖いぐらいの美形に見つめられると、それなりに度胸があると自負している尊人も動揺してしまう。

「き、気に入り、ましたけど、……あの、婚約者って……ほんとうに?」

「ほんとうだよ。チャリティガチャできみが引き当ててくれたんだろう? ――ひと目見てわかったよ。きみは僕の運命の番だ」

「運命の……番」

そんなの、御伽噺《おとぎばなし》の世界の出来事だと思っていた。

数すくないアルファとオメガが本能で惹かれ合う相手を、運命の番という。

運命の番は目と目を合わせるなり、雷に打たれたような衝撃を覚え、理性ではどうにもならない本能で相手を求める。アルファはオメガを、オメガはアルファを。そうしてたったひとつの番になり、ふたりは未来永劫結ばれる――と聞けばハッピーエンドのように思えるが、実際はいささか違う。

番になったとして、オメガは生涯そのこころと身体をアルファに捧げる。三か月ごとに発するフェロモンも、こころに決めたアルファだけが感じ取れるようになる。

しかし、アルファはこころ変わりをしたら、番の関係を解消して、他のオメガに乗り換えることができるのだ。

こんなに差があるのは、神様の悪戯《いたずら》だろうか。

番を解消されたオメガは一生、胸に刻んだアルファだけを想ってひとり寂しく命を終えていくのに対し、アルファは相手を選び放題だ。

「運命の番だ」という最上級の切り札を使ってオメガを弄《もてあそ》ぶアルファがいるらしい、ということは風の噂で聞いた。

宮原もそうだったらどうしよう。だいたい、顔を合わせて三十分も経ってないうちに「きみと僕は運命の番だよ」と言いだすなんて尋常ではない。

にこにこしている彼からは純粋な好意しか伝わってこないが、やはり疑心暗鬼《ぎしんあんき》になってしまう。疑うな、というほうが無理だ。

そもそも宮原は誰もが知るスターで、裕福な暮らしを享受している。その美貌だけでも、あるいはこの住まいを見せただけでも、くらりと来るひとはすくなくないだろう。

「どうして俺なんかが」

「だって、最後のチャリティガチャを引き当ててくれたから。あのガチャガチャ、知り合いの芸能人たちと企画して行ったものなんだ。人気ミュージシャンとのチェキ券や一日デート、握手券とさまざまあったけど、僕はその中に『婚約者券』を入れた。この券を引き当ててくれたひとこそ、神様が教えてくれた運命の番だってね」

「あのう、宮原さんっておいくつでしたっけ」

「二十六歳だよ。はは、立派なアラサーになってしまったな」

アラサーの人気俳優が自分の婚約者になる権利をガチャガチャに突っ込むだろうか。

このひと、どこかねじが吹っ飛んでいるんじゃないか。

考えれば考えるほど、頭が痛くなってくる。

悪いひとではないと思う。それはひと目でわかった。これでもファミレスのバイトで多くのひとびとに接してきたのだ。年齢以上に、ひとを見る目は養ってきたはずだ。

宮原はまっすぐで美しく、思っていた以上にピュアだ。

そんなひとがなにをとち狂って人生の伴侶をガチャガチャに託したのか。

「腑《ふ》に落ちないって顔をしてるね。大丈夫、一緒に過ごしていくうちにお互いをゆっくり知っていこう。ね？」

甘い笑みを浮かべる宮原がちゅっと頬に軽くキスしてきて、思わず後じさってしまった。

「なっ、なにを」

「ご挨拶《あいさつ》のキスだよ。ほんとうはくちびるを盗みたかったけど、いきなりでは嫌われてしまうかもしれないと思って」

「……そういう問題じゃありません！」

耳まで真っ赤にし、尊人は熱の残る頬を拳《こぶし》で強く拭う。

だめだ、だめだ。

この部屋の扉を開けた瞬間から、宮原のペースに引きずられっぱなしだ。

「いくら婚約者券を当てたからって、俺には俺なりの立場や考えがあります。こんな急に物事を進められても困る……っていう感じがして……なんでそんなにしょげるんですか」

言っているそばから、みるみるうちに宮原が眉尻を下げていくので、怒るに怒れなくなってしまう。

「すまない……僕だけ盛り上がってしまって。尊人くんを目にした瞬間に胸が躍《おど》ったんだ。絶対このひとが僕の運命の番なんだって」

「それは……嬉しいですけど、なんでも順序というものがあると思います。いきなり同居しろと言われても、こころの準備が」

「だめかい？」

両手を摑まれて請《こ》われると、こころが揺れ動く。

ずば抜けた容姿を持つ男にすがられるのは、正直に言って心地《ここち》好《よ》い。だいたい、相手はあの宮

原隆一だ。知らない者はいないというほどの俳優が頭を下げ、「どうか一緒に暮らしてほしいんだが」と頼み込まれると、嫌だと言えなくなる。

「僕と暮らすことに問題があるかな。きみの住んでいるアパートなら、問題なく引き払うよ。この部屋を永遠の住み処にしてほしい。いや、ここが気に入らなかったらべつのところに引っ越してもいい。もっと広い一軒家とか。庭付きとか、プール付きとか、なんだったら南の島を買い取って」

「い、いいです、ここで」

慌てて頭を横に振ると、傍目《はため》にもほっとした顔の宮原がやさしく両手を摑み直してくる。

「誓うよ。僕は今日からきみだけに愛を捧げる。仕事もするが、他の時間は尊人くん、きみにすべて充《あ》てよう。尽くしたいんだ、きみに。そうすることで僕のほんとうの気持ちが伝わればどんなにいいか」

「わ、わ、わかりました。愛……が伝わるかどうかまでは確約できませんけど……とりあえず、しばらくはここで暮らしてみます」

「ほんとうかい！」

押し切られた、と臍《ほぞ》を嚙むのもつかの間、満面の笑みを浮かべた宮原が抱きついてくる。

「ありがとう、尊人くん……！　嬉しいよ。二十六年生きてきた中でこんなに嬉しいことは初めてだ。ああ、早速有働に頼んできみの部屋から荷物を持ってこさせよう。足りないものがあったらなんでも言ってくれ。すぐにそろえるよ。学生だったらテーブルよりもデスクがいいかな？　パソコンは？」

舞い上がるとどんどん妄想がふくらむらしい。

悪いひとではないが、いささかやっかいだ。

自分のためなんかに大枚をはたいてもらうのも申し訳ない。

「自宅にノートパソコンがありますから大丈夫です。あと……一応、アパートはそのままにしてもらえませんか？　なにかあったときに、戻れるように」

「なにかあったときって、なに？」

純粋な目で問わないでほしい。

「……もしも、同居がうまくいかなかったとき、戻れるように。宮原さん、俺のことをほとんど知りませんよね。俺はテレビを通してあなたをすこし知っているけども、俺はただの一般人です。がっかりされることもあるんじゃないかって……だから、そんなにしょんぼりした顔しないでください。可能性を言ってるんですってば」

またまた落ち込む男に急いで言葉を継ぎ足した。

「申し訳ない。別れを想定して暮らすのかと思うとすこし寂しくて」

正直な男だ。

確かに、誰でも、最初から別れることを頭の隅に置いて同居するなんてつらいだろう。

だが、自分と宮原の関係は特殊すぎる。

誰かの紹介で出会ったわけでもないし、どこかに互いの接点があったわけでもない。

ほんとうに、運、でしかないのだ。

ガチャガチャでたまたま当たった相手でしかないのだ。

そんな嘘か真《まこと》かわからないような関係に全振りするなんて、あまりに博打《ばくち》すぎる。

なにかをきっかけに彼が気持ちを変えてしまったとき、帰る場所を確保しておきたいと思うのは素直な心情だ。宮原ほどの入れ込みようなら、『新しいマンションを用意してあげるよ』と言いだしそうだが。

それでも、馴染んだ住み処から突然離れるのはこころもとない。

「とりあえず、アパートはそのままで。それだけ約束してもらえれば、一緒に暮らします」

「ありがとう……！　では、有働に車を出させよう。身の回りの物だけ持っておいで。他に必要な物は僕がそろえるから」

「……ありがとうございます」

もごもごとお礼を言い、彼に手を繋がれたままリビングに戻ると、有働はグラスをすでに片付け、すっきりとした姿勢でソファに腰掛けていた。宮原たちの顔を見るとすかさず立ち上がる。

「お話はまとまりましたか」

「それはもう、なんとか押しの一手で」

「隆一さんが無理を言ったでしょう。申し訳ありません」

「いえ、俺のほうこそ。すこしの間だけでも、宮原隆一さんと暮らせるなんてラッキーすぎますから。ありがたく、この話お引き受けいたします」

自分だって男だ。いざというときは潔く腹をくくらなければ。

「有働さん、一度アパートに戻ってもらえますか。着替えとかノートパソコンとか、必要な物持ってきます」

「かしこまりました。業者を手配しましょうか？」

「いえ、そんなに大荷物になるほどじゃないので、さっきの車で大丈夫です」

「では、参りましょう。隆一さん、おとなしくしていてくださいね」

「わかった。僕は尊人くんの部屋のクッションをふかふかにしておくよ」

嬉々としている宮原に苦笑して、尊人は有働にうながされるまま部屋をあとにした。

大学の友人たちと一週間ハワイに旅行した際のスーツケースに着替えと大学の講義で必要なテキストやノートパソコンを詰め、ゴロゴロと車輪を引いてアパートを出ると、車で待っていた有働がトランクを開けて入れてくれた。そして再び後部座席に乗せてくれる。

「びっくりしたでしょう、隆一さんには」

「なんか、あの、想像していた宮原隆一さんとは大違いでした。俺がテレビで拝見していたのはもっとクールで、俺様アルファなのかと思ってたけど」

「愛情過多なんですよね、あのひとは。一度惚《ほ》れ込むと他に目が行かなくなってしまう。だからこそ、どんなに難しい役にも頭から入り込むことができるんです。俳優としては間違いのない才能の持ち主です」

「恋愛だってたくさんしてきたんでしょう?」

後部座席から尋ねると、ハンドルを握る有働は、「それが……」と言葉を詰まらせる。

「確かに相手には困らなかったと思います。ですが、どんなに美しい俳優でも、可愛いアイドルでも、彼の表面しか見ていなくて。過去、二度ほど交際が発覚したことがありますが、どちらも一年も持ちませんでした」

「それって、どっちから別れを切り出したんですか?」

「相手のほうからですね。隆一さんはああ見えていろいろとナイーブなので、とくに映画やドラマの撮影中は役になりきってしまって声をかけられないぐらいなんです。だからデートなんかもできなくて。もちろんサプライズなども期待できないひとですね。見た目はいいけれど、どこかポンコツ。それが、宮原隆一の正体です。この先、尊人さんも彼のすべてを目にするかと思いますが、どうか温かい目で見てやってください。けっして悪いひとではないので」

「俺なりに頑張ってみます」

「緊張しなくて大丈夫ですよ。少々鬱陶《うっとう》しいひとですが、こころは本物なので」

有働がくすりと笑い、ハンドルを回す。もうすぐ宮原のマンションだ。

これからしばらくの間、ここが住み処になる。

宮原は素っ頓狂な男だが、気のいいひとであることは確かだ。思い込みも強そうではあるが。

無事に駐車場に車を停め、有働がスーツケースを手にエレベーターへといざなってくれる。

「明日にはあなた専用のカードキーを作らせるので、いましばしお待ちを」

「わかりました」

宮原の部屋の扉を有働が開けると、気配を感じたのか、奥から本人が駆け出てきた。

「おかえり、尊人くん。有働もお疲れさま。さあさあ、荷物をよこして。このスーツケースひとつだけかな？」

「はい」

　奇妙な同居を始めるにあたって、ひとまず困らない物を詰め込んできた。テレビやベッドなどはもうすでにあるから、ありがたく使わせてもらうことにしよう。

　スーツケースのハンドルを摑んで尊人の部屋に運んでいこうとする宮原に、有働が声をかけた。

「私はこれで失礼します。明日はオフですから、まずはゆっくりとおふたりでお話でもしてください。尊人さん、隆一さんをよろしくお願いしますね。なにかありましたら、いつでも電話をください」

「はい、ありがとうございます」

　一礼して去っていく有働を見送ったあと、なんとはなしにふたりで顔を見合わせた。先に頰をうっすら赤らめたのは宮原のほうだ。

「なんだかいまごろになって緊張してしまうな。ずっと求めていたひととふたりきりになるなんて……」

「……恥ずかしいこと言わないでください」

　遅ればせながらこっちまで照れた。

　部屋にスーツケースを運び入れた宮原は扉を開け放したままにする。

「きみが荷解きをしている間にお茶の用意でもしているよ。いつでもリビングにおいで」

「はい」

鼻歌交じりに宮原はその場をあとにする。ひとつ息をついて、尊人はスーツケースを開いた。

着替えはクローゼットへしまい、ノートパソコンはテーブルの上に。テキスト類はがらんどうの本棚に差し込む。

あっという間に荷解きが終わってしまった。もともと、たいした荷物ではなかったのだ。

自分の部屋から近いバスルームとトイレを確認していると、「尊人くん？」と声が聞こえてきた。宮原だ。いつまで経ってもリビングに来ないので心配したのだろう。

「あ、すみません。バスルームとか見ておこうかなと思って」

「ああ、こちらこそすまない。先に案内しておくべきだったね。きみの部屋から近いトイレはここ、バスルームはこっちだよ」

順々に宮原が教えてくれる。

トイレも広かったが、バスルームはもっと広い。大の大人が四人は入れそうな円形のバスタブが堂々と待っていた。大理石でできているようで、渦巻き模様が美しい。

「ジャグジー付きなんだ。気持ちいいよ」

「はー、豪華ですね……俺んちなんかこの三分の一ぐらいですよ、風呂場」

「それはそれは。一日の疲れを癒やすためにもバスタイムは凝ってるんだ。バスソルトやバスオイルもいろいろと取りそろえているから、好きなものをどうぞ。気に入らなかったらすぐに尊人くん好みの物を購入……」

「だ、大丈夫大丈夫、ここにある物で充分」

棚にずらりと並ぶボトルを見て、あわあわと手を振る。

可笑《おか》しそうに宮原が顔をのぞき込んできた。

「ね、僕たちの仲を深めるためにも、まずはお互いに普通の口調にしないか？」

「普通の、口調？」

「そう、敬語はなし。ですますじゃなくて、だよ、とか、だぞ、とか、ね。そのほうがぐっと距離が縮まる」

「そう……なんですか、じゃなくて……なのかな」

「そうそう、その調子」

あまりにも宮原が嬉しそうに笑うので、照れくさい。

「じゃあ、ティータイムにしよう。おいで」

軽く肩を抱かれ、こそばゆく思いながらもリビングへと足を踏み入れた。

日曜の暖かな陽射しがたっぷりと入り込んでいる。

暖炉がぽうっと赤く灯っていることに気づき、「あ、あれ」と指さすと、宮原が「うん」と頷《うなず》く。

「電気式なんだけど、一応暖は取れるんだ。床暖房もついてるから、ここは暖かいよ。僕は家にいる間、このリビングにいる時間が一番長いかな」

「そうなんで……そう、なんだ。宮原さんの私室はあるの？」

「あるよ。台詞《セリフ》を入れる間籠《こ》もる部屋。開かずの扉だから気をつけてね」

冗談めかして微笑む宮原の男っぷりに内心惚れ惚れとしながら、言われたとおりソファに腰を下ろす。

ティーポットで紅茶を蒸らし、丁寧に淹れたカップを宮原が運んできてくれた。クッキーを盛った小皿とともに。

「マカダミアナッツが混ぜ込まれてるんだ。お気に入りのデパ地下の物でね。有働によく買ってきてもらうんだ、どうぞ」

「いただきます。……ほんとだ、美味しい」

さくさくしたクッキーには歯触りが楽しいナッツがふんだんに入っている。香りの高いアールグレイティーとよく合う。

隣に腰掛けた宮原もクッキーを囓っている。

上背のあるいい男が黙々とクッキーを食《は》んでいる様子は、まるでリスみたいだ。

「宮原さん、ちょっと可愛い」

「え？　そうかな、幼かったかな」

「ううん、そういうんじゃなくて」

　照れつつも美味しそうにクッキーを頬張る横顔をじっと見つめる。

「なんか……まだ不思議だ。あの宮原隆一さんの部屋に住むことになるなんて」

「隆一でいいよ」

「……呼び捨てはできないよ、さすがに。……隆一さん？」

「うん」

　宮原がぱっと顔をほころばせる。

「隆一さんは、どうしてチャリティガチャに婚約者券なんてものを突っ込んだの？　誰が引くかわからないのに。もしかしたらおかしなひとが引く可能性だってあったんだよ」

「でも、結果的には尊人くんが引いてくれたじゃないか。神様のお導きだね」

「神様で片付けるのはどうなんだろ……」

「僕はね、寂しかった」

　ふっと息を吐いた宮原は年相応に大人びた顔だ。

「寂しかった。いい年してこんなことを言うのもなんだけど、仕事柄、僕の立場や名前を利用しようとするひとはたくさんいる。もちろん、利用されて生かされるのが芸能界という世界だから、悪いことばかりじゃない。……でもさ、なんて言えばいいんだろう……純粋な想いだけでそばにいてくれるひとはほんとうにすくないんだ」

「有働さんは違うでしょ？　あなたのこと、信頼してたみたいだし」

「彼はいいビジネスパートナーだよ。僕がこの業界に足を踏み入れるきっかけを与えてくれた。僕はね、大学時代に原宿《はらじゅく》で買い物していたときに有働にスカウトされたんだよ」

「へえ……」

初めて聞いた。

これまで尊人にとって宮原隆一というのは雲の上のひとで、きらきらした芸能人のひとりだった。とりわけ熱心なファンではなかったので、彼が出演している作品はいくつか観たというぐらいだ。

「ねえ、いまさらだけど。俺、……あなたの熱烈なファンというわけじゃないよ……？　もっと隆一さんを好きなひとがよかったんじゃないの？」

「それじゃだめだ。目が曇ってしまうから」

「どういうこと？」

「俳優として名を売っている僕ではなく、ただの男として愛してくれるひとがいい。結婚するならそんなひとがいいとずっと思っていた。人気なんて水物だから、いまはよくても、五年後、十年後はわからない。僕はこの業界で生涯現役を貫くと決めてるけど、いつもいつもスポットライトが当たるわけじゃないだろう。浮き沈みの激しい業界だからね。僕が沈んでいるときでも、変わらずそばにいてくれるひとがいい。——だから、僕のことをフラットに見てくれる尊人くんがいいんだ」

「ふぅん……そんなものなのかな。ずっと好き好きって言ってもらえたほうが気持ちいい感じもするけど」

「熱はいつか冷めるものだよ」

静かな声が胸にじわりと染み込む。

彼のことはまだほとんど知らないけれど、厳しい生き残りを賭けた芸能界で宮原がこころをすり減らしているのは事実のようだ。

「……酔狂なひとだね、隆一さんも。俺がしわしわのおばあちゃんやおじいちゃんだったらどうしてたんだよ」

「それでもきっと運命だ。僕はまっすぐに愛してたと思う」

迷いのない言葉にこころが揺れる。

知ってみたい、このひとを。

宮原隆一という男がどんな人物なのか、もっともっと深く知りたい。

人生の半分を決めてしまうともいえる伴侶の権利をガチャガチャに突っ込む、誰もが知る人気俳優。

品よく紅茶に口をつけている横顔は完璧なまでに整っていて、付け入る隙《すき》が見当たらない。

けれど、さっき彼は言った。

『寂しかった』と。

そのこころの穴を自分は埋めることができるのだろうか。

宮原は尊人のことを運命の番とまで言った。しかし、よくある比喩《ひゆ》のように、宮原と目を合わせた瞬間、雷に打たれたような衝撃は覚えなかったし、胸が激しく高鳴ることもなかった。

ただ、緊張はしている、まだすこし。

赤の他人と同居を始めるのだから当たり前のことだろうが、宮原なりの熱意に動かされているのも事実だ。

ティーカップをソーサーに戻し、身体ごと宮原に向き直った。

「あらためてよろしくお願いします。俺、とくにいいところないし、没個性だと思うけど……一緒に暮らしていて楽しいって思ってもらえるように、頑張る」

「そのままのきみでいて」

ふんわりと宮原が微笑む。

「きみは信じてないけど、僕とは運命の番だよ。絶対にね。一緒に過ごすうちにそのことに気づいてくれたら嬉しいな」

「うん、まあ、そのへんは追い追いに」

「照れ屋だな、尊人くんは」

身体を擦り寄せてきた宮原が頰に甘くくちづけてくる。

その熱がじわっと身体に染み渡っていくことに驚いていると、「怒った？」と宮原が顔をのぞき込んできた。

吸い込まれそうな綺麗な目だ。炯々《けいけい》としていて、ひとつも嘘はつけないなと弾む胸を知らず知らずのうちに押さえた。

「あ、もしかして……尊人くんは経験ないのかな」

「な、なに、突然」

「こういうこと、初めてなのかなって。さっきも頰にキスしたとき、とても驚いてたから」

顎をつままれて正面を向かされ、じっと見つめられると蕩《とろ》けてしまいそうだ。

じつは、宮原が言い当てたとおり、なんの経験もない。二十歳《はたち》のいままで。

オメガだということもあったし、身体だけは慎重に守ってきたのだ。発情期が訪れるたび、抑制剤を飲み、自室で悶々《もんもん》と過ごす日々だった。どうにも狂おしく身体が疼《うず》く夜はひとり慰め、虚《むな》しく果てた。

誰でもいいから熱が欲しい、そんなふうには一度も思ったことがない。

もしも、いつか、全身全霊でこころをゆだねられるひとが現れたとき。そのときが来たら、この身体を預けたい。そう思ってきた。

その点、年上の俳優は場数を踏んでいそうだ。

「そんなに見ないで……穴が空く」

「可愛い。尊人くんはほんとうに可愛いな」

立て続けに頬にキスが降らされて、またたく間に身体が熱くなっていく。

じゅわじゅわと蜜が身体の奥底に溜まっていくようだった。なんだろう、このどろりとした熱は。

発情期が来る寸前の熱っぽさに似ている。前の発情期が訪れたのは二か月前だ。周期が狂ったのだろうか。宮原というアルファと突然の出会いを果たして、ホルモンバランスが崩れたのかもしれない。

一度意識すると、どくどくと鼓動がはやってうるさい。頭もくらくらするし、息も浅い。

「大丈夫？　尊人くん、顔がすこし赤いようだけど」

「は、はは、なんでだろ、風邪、かな」

洗面所で顔でも洗ってこよう。冷たい水を顔に打ち付ければ気分もさっぱりするはずだ。ふらつく身体で立ち上がろうとした途端、足元がよろけ、宮原に抱きつく格好になってしまった。

「ご、ごめんなさい」

宮原はしっかり抱き留めてくれている。そして真摯な目で射貫いてきた。

「……甘い香りがする」

「え？」

「もしかして、発情してる？」

「ち、違う、これはただちょっとのぼせてるだけで……」

発情期はまだ先だ。

宮原隆一というアルファの魅力にあてられたのだ。

ひょっとしたら、運命の番というのはほんとうかもしれない。いままで出会ってきた誰よりも胸が高鳴ってうるさい。

言葉に詰まっているうちに、彼の膝《ひざ》に抱き上げられた。力の入らない両手を首に回すようにされて、密着度が高まる。

「これでよし」

「隆一、さん」

「目が潤《うる》んでるね。とても色っぽい……このままきみを食べてしまおうかな」

ちろっと舌先でくちびるを舐《な》められ、くぐもった声を漏らした。些細《ささい》な刺激すら、いまはひどく甘美に感じる。

ちろ、ちろ、と続けてくちびるのラインを舌先でなぞられ、息苦しくなってくちびるを開くと、宮原に吸い付かれた。

「ん、っ、ん……っ！」

深く重なったくちびるが擦れ合うのも淫らだし、くにゅりと挿《はい》り込んでくる舌に搦《から》め捕《と》られるのもくらりと来るほど気持ちいい。

じゅるっときつめに吸ってくる宮原は、茫然自失《ぼうぜんじしつ》している尊人の口内をいいようにまさぐる。意識はぼうっとしているけれど、身体は敏感に宮原に応《こた》えた。

歯列を丁寧になぞられ、「ん……」と声を上げると、舌の根元をつんつんとつつかれ、そのまま全体をうずうずと擦り合わせられた。どんどん唾液があふれてきて、口の端からつうっと垂れ落ちていくのが恥ずかしい。

「やっ……ぁ……あ、ん、んっ……」

「ほんとうに嫌？　嫌だったらすぐにやめるよ」

舌先を甘く、ずるく吸いながら言わないでほしい。胸も、腰の奥もじんじん疼いて、すこしもじっとしていられなかった。

「りゅういち、さ、ん」

「なんだい」

出会って間もないのに、こんなことをしてもいいのだろうか。

だけど、その頃には自分が発する熱に尊人も呑み込まれていた。ほんとうに運命の番ならば、身体で証明してほしい。

「……に、して」

「うん？」

「あなたの……好きにして」

「大事にするよ」

真面目な声音の宮原がもう一度深くくちづけてくる。嚙みつくようなくちづけに目眩《めまい》がし、彼にしがみつく他ない。

細身に見えても、しっかりと鍛えているようだ。ニットを通して、分厚い胸板を感じる。

くちびるを吸いながら宮原は尊人のパーカの上から胸をまさぐってくる。ちいさな尖りを見つけて、くりくりと転がしたり、引っ張ったりしてきて、むず痒《がゆ》い。

「あっ、あぁ……っそこ、や……ぁ……っだ、め……」

「痛いかな」

「ん、ううん、……なんか……むずむずする……」

「じゃあ、気持ちいいんだよ。大丈夫、僕に任せて」

パーカをすっぽりと頭から引き抜かれ、半裸を晒《さら》す尊人は落ち着かない。見下ろすと、乳首がほんのりと赤く染まっていた。

普段、そんなところを自分で触ってもなんともない。なのに、宮原の指でくにくにと揉《も》み込まれると、身体の奥底から熱が湧《わ》き上がってきて。せつなくなる。

「舐めたらもっといいかもしれない」

「ん、ん――ぁッ、あ、あ、あ!」

宮原に尖りをちゅくちゅくと吸い上げられ、尊人は身体をしならせ、声を止められない。ちいさな肉芽は大人の男の愛撫によって素直に育ち、しだいにふっくらと腫《は》れぼったくなっていく。根元をこりこりとやさしく噛まれるのがまたいい。

吸われたり、食まれたりするのを繰り返されると、いてもたってもいられない。無意識に腰をよじらせ、宮原に押し付けた。

「もう我慢できないって顔してるね。ここじゃきみが可哀想だから、ベッドに行こう」

「ん……」

ぐったりと宮原にもたれかかると、背中を支えられ、両膝の裏に手が差し込まれて、ひょいっと抱え上げられた。

いわゆるお姫様抱っこという格好になっていることにかあっと頬を赤くし、「や、やだ」とジタバタしたものの、「おとなしく摑まっていて」と言われる。

確かにこのまま下ろされたら床にへたり込んでしまうだろう。くちびるを尖らせながらも、宮原に抱きかかえられたままベッドルームへと運ばれていく。

「ここが僕のベッドルームだ」

まだ昼間だから、室内は明るい。陽が射し込む中で痴態《ちたい》を晒すのかと思うと恥ずかしくてしょうがないから、「カーテン、閉めて」と頼み込んだ。

クイーンサイズのベッドに横たわらされ、ぎゅっと身体を縮こめた。なにが起こるかわかるようでいて、ぼんやりしている。

セックスがどんなものか、まるで知らないというほどうぶではない。オメガなのだし、子宮があるため、幼い頃から学校でもオメガの身体の仕組みについて詳しく教わってきた。

昔はオメガだと判明すると、同じ第二性を持つ子だけが集められる専門教育機関に送られていたが、いまは違う。アルファもベータもオメガも等しく同じクラスに集い、それぞれの性質を学ぶ授業があるのだ。同時に性教育も受けるので、尊人もいつか自分も大きくなったらこころに決めたひとと身体を重ね、子どもを生すのだろうかとあれこれ考えてきた。

そのいつか、が、いままさしく訪れている。

カーテンを閉じ、スタンドライトをほんのり点けた宮原が覆い被さってきて、だんご虫状態の尊人をそっと包み込む。

「緊張しないで、尊人くん。僕は番としてきみをとことん甘やかして蕩かしたいだけ」

「う……」

身体からすこしずつ力を抜いてそろそろと彼のほうへ向き直る。綺麗な瞳とぶつかった。

宮原の目には抑えきれない好奇心が浮かんでいる。それと、あふれんばかりの愛情も。

自然と身体がふんわり温かくなるようなまなざしにほっとして、怖々と両手を伸ばし、彼の頬を包み込む。

そうすると宮原のくちびるが近づき、互いの間で可愛らしい音が響く。

「ふふ、可愛いキスだ」

「……生まれて初めて自分からした……」

「ほんとうに？　光栄だな」

頬を指でなぞる宮原がそのままツツと首筋を引っ掻《か》き、そのまま鎖骨《さこつ》へとすべらせていく。

斜めに切り込んだそこをじっくりと指で嬲《なぶ》られると、ぞくりとするほどの快感がこみ上げてくる。

　ぺろりと舐められた。ひくんと背を反らすと、舌はつうっと肌を辿っていき、乳首へと辿り着く。

　さっき甘嚙みしたそこをもう一度丹念に舐《ねぶ》られ、掠《かす》れた喘《あえ》ぎを漏らした。

「尊人くんは乳首が弱いみたいだね。ここ、もっと可愛がってあげる」

「んん……っ」

　指先で乳首を捏《こ》ねられ、きゅっきゅっと揉み潰《つぶ》される。じんじんした疼きがそこら中に散らばって、叫びだしてしまいそうだ。

　こんな快感、知らない。なにもかも初めてだ。

　尖りを舐めしゃぶられるこころよさに呻《うめ》き、宮原の髪を両手でくしゃくしゃにかき乱す。

「ほら、見て。ぷっくりしてエッチだ」

「え、え、……えっちって……その顔で言わないで……」

「ほんとうのことだろう？」

　にこりと笑う宮原はなおも乳首を甘嚙みし、ぽってりと熟《う》れきったところで満足そうに顔を離す。いまや根元からピンとそそり勃《た》つ乳首は、自分の目で見ても卑猥《ひわい》だ。

「こっちは？　どうなってるかな」

「あ……」

手が下肢にすべり落ち、ジーンズのジッパーの上から形をなぞる。

すでにくっきりと盛り上がったそこは、尊人の感じやすさを宮原に伝えている。

「脱がしてもいい？」

「……うん」

「下着も、いい？」

「……う、ん……」

いちいち訊《き》かれるのは恥ずかしいが、宮原も気遣ってくれているのだろう。

ジリッとジッパーが下りていく音をぼうっとのぼせた意識で聞いた。

まずはジーンズを、と思ったら、下着ごと一気に引き剝《は》がされた。

「あ……！」

びくんと勢いよく性器が飛び出す。

すかさず両手で隠したかったけれど、「だーめ」と甘い声に阻《はば》まれ、宮原に肉茎をやさしく握り込まれた。

「あ……っぁ……っ！」

他人の手を感じるのは正真正銘初めてだ。

ひどく脆《もろ》い剝《む》き出しのそこを宮原隆一という男の視線と手にじっくりと犯され、背中に汗がじわりと滲みだす。

「もう先っぽがとろとろだ」

「や、っだ、言わない、でってば……！」

「いちいち言いたくなるぐらい可愛いんだから仕方ないよ」

とろりとこぼれ落ちる愛蜜を助けに肉茎をゆるく擦り、くびれのところをぐるりと親指でなぞり上げる。そのままずるりと扱《しご》かれ、あまりの愉悦《ゆえつ》に思わず身体が弓なりにしなった。

「あ——あ、あ、っは……ぁ……っぁ……」

先端の割れ目をくちゅくちゅと弄られると、すぐにでもイきたくなる。

怖いほどに感じていた。

宮原は焦らすように陰嚢《いんのう》を指先で軽くつつき、肉茎の根元をしっかりと押さえ込むと、そのまま亀頭をぱくりと頬張る。

驚いたのは尊人だ。まさか口で愛撫するとは思っていなかった。

「や、や、だめ、ばか、だめだって——あ、あっ……ん！」

熱い口内でじゅるっと啜《すす》り上げられて、びくびくっと身体が波打ち、我慢できずに放ってしまった。

「あ……ぁ……はぁ……っ……あ……」

「たっぷり出たね」

ごくりと喉《のど》を鳴らす男を涙目で睨み、「もう……」と頬を紅潮させた。

「ずるい、俺ばかり……こんな……こんな、恥ずかしいことばっかりさせられて……」

達したばかりの性器を舐め上げている宮原は、満足そうな顔だ。

「イくときのきみ、めちゃくちゃ可愛かったよ。最高にね。……今度は僕も一緒に」

身体を起こし、宮原がセーターを脱ぎ、スラックスを下ろす。

想像以上に鍛えられた裸身に見とれた。

逞《たくま》しく広い胸板、引き締まった腹、そして濃い繁《しげ》みへと視線を下ろし、ぶわっと頬が熱くなる。

繁みを押し分けてそそり勃《た》つ肉茎は大きく、太さも長さも充分にある。

「きみの中に挿っていい？」

「……痛く、ない？　だってあなたの、……すごいおおきい……」

「ローションを使うから大丈夫。ちゃんとほぐすよ」

「……わかっ、た」

なんとか頷《うなず》く。

紳士的な宮原のことだから、荒っぽいことはしないだろう。

「念のために、前もって買っておいたんだ」

ベッドサイドの棚からボトルを取り出した宮原が見せてくれる。

「尊人くんの大事なところをほぐすローション」

「だから！　……いちいち言わないでよ」

羞恥心が募って身体をよじらせた。

宮原はボトルを傾け、手のひらに透明な液体を垂らす。それから両手を擦り合わせた。ぬちゃりと音が響くのがいやらしい。

「安心して、深く息して」

「ん、うん……」

出会ってその日に身体を明け渡すのが、まだ信じられない。だけど刻一刻と熱は増し、もっと強い刺激を欲しがっている。

もぞもぞと身動ぎすると、宮原にくるりと身体をひっくり返され、四つん這《ば》いの形になった。

尻を高く掲げる格好がたまらなく恥ずかしい。

すべてさらけ出しているのだ。うなじも、背中も、秘所も。

「はずかし……」

「そう、いまから僕ときみは恥ずかしいことをするんだよ」

「ん……っ」

枕にしがみついた。尻の狭間《はざま》にぬるりと指がすべり込んできて、窄《すぼ》まりの周囲をくるくると撫でる。肌が妖しくざわめき、無意識のうちに腰を振ってしまう。

くすぐったい、もどかしい。

孔の縁をやさしく撫でさする指の感触がやけにリアルだった。

あの宮原隆一に身体を暴かれている。顔を合わせたその日に。

——今日一日で飽きられたらどうしよう。

一瞬そんな不安が胸をよぎるけれど、宮原にはお見とおしなのか。窄まりを探る指は一層やさしさを増し、充分に縁を濡らしたあと、つぷりと挿り込んできた。

「……ッ！」

想像以上の違和感にびくりと腰が跳ね上がる。ぬぐぬぐとローションで濡れた指が挿ってきて、すこし苦しい。気持ちいいとか、怖いとか、まだなにもわからない状態だ。

「あ、あ……つりゅう、いち、さ……っ？　あ、ん……！」

「ここ、かな？」

長い指が上向きに擦りだしてきて、じゅわっと蜜が弾ける錯覚に陥った。

いま触られているところがいい、すごくいい。

「あ、あっ、ま、って、なんか……へんな、かんじ……っ」

「ここがきみのいいところだよ」

「んん……っ」

二本目の指が挿ってきて、慎重に上壁を探りだす。擦られ続けているうちにそこがもったりと重くなってきて、指の腹できゅっきゅっと扱かれるとどうにも腰がじんじんしてしょうがない。

「あ——ん……ぁ……あぁ……っ」

「いい？」

「ん、……う、ん……」

嘘はつけないから、必死にこくこく頷いた。

奇妙な快感が体内で生まれ、意識にも浸透していく。

じゅわりと甘い蜜が身体のそこかしこにひそんでいるようだ。それを宮原は的確に探り当てて、暴いていく。

ローションのぬめりも相まって、ぐちゅぐちゅと淫らな音が身体の中に響くことに耳まで熱くなる。枕に顔を押し付け、懸命に声を殺したけれども、背骨に甘いキスを落とされて、「あ」と声を上げた。

「や、いじわる、りゅういち、さん……っあ、あ」

ぬぽぬぽと指が出たり挿ったりし、隘路《あいろ》を広げていく。中をかき混ぜられると、頭の中もシェイクされている気分だ。

むずむずした快感が次々に弾け、だんだんと鋭くなっていく。

「もう三本目だ」

耳元で囁《ささや》かれ、涙目で肩越しに彼を睨んだ。

「……っこんなに……最初からこんなに……」

「ん？」

「……最初から、こんなに感じて、……いいの？　発情期……じゃないのに」

必死な声に、宮原が破顔する。

「いいんだよ、発情期じゃなくても感じちゃうのは、運命の番だからだよ。尊人くんが感じてくれてるなら嬉しい。……ああもう、僕も我慢できないな」

強く瞼《まぶた》を閉じていると、熱い昂《たか》ぶりが狭間に押し当てられた。

指とは比べようもない大きさと熱に息を呑む。

「けっして傷つけないから信じて」

「……うん」

ばかになったみたいに何度も何度も頷く。

いまは宮原を信じるだけだ。

背中から覆い被さってくる男がひとつ息を吐き、ずくんと挿り込んできた。

「き、っつ……っ……あ……だめ、おっきい……っ！」

「深く息して、尊人くん」

ぎちぎちに食い締めてしまい、宮原もいささか苦しいのだろう。

努《つと》めて大きく深呼吸した。形が馴染むまで、宮原もじっとしてくれている。身体の真ん中を熱い火串で貫かれた感じだ。

すこしずつ、すこしずつ埋められるたび、でこぼこと浮いた太い筋までもがわかる。張ったエラがさっき弄られてよかったところを擦ると、爪先が丸まるぐらいに気持ちいい。

「あーっ……あ、んぁ、う、っ、う、ぁ」

「……全部、挿った」

「ほ、んと？」

「ああ。ここまで挿ってる」

手をすべり込ませてくる宮原が、尊人の臍《へそ》のあたりをとんとんとつついてくる。

頭の中まで犯されている気分は言葉にならない。

そのまま、ずっと宮原が腰を引くと、ざわりと強烈な快感が生まれた。

ずくずくと埋め込まれ、ぬるりと引かれる。ゆっくりした動作がだんだんと物足りなくなって

きた。

「だ、め、ほんと、だめ、おかしく、なっちゃ……」

「僕に溺《おぼ》れて」

「う、ん、っ、んっ、あっ、あぁっ」

もうとっくに溺れてる。

リズムが速くなって、呼吸もどんどん浅くなっていく。揺らされれば揺らされるほど、すごくいいところを抉《えぐ》られて、とうとう啜り泣いた。

「あぁっ……いい、……いいよぉ……りゅういちさん……っ」

「初めてでこれだけ感じてくれるなんて嬉しいな。愛し甲斐《がい》があるよ」

ぐっぐっと腰を遣ってくる男の昂ぶりが身体の奥まで押し込まれて、狂おしい。ここまで感じてしまったら、もう止まれない。

いま、身体の一番深いところで出会ったばかりの宮原を感じているのだ。

最奥を突かれたらもうだめだ。刺激が強すぎる。

「あ、あっも、もう、だめ、だめ……!」

「イきそう？　だったら一緒に」

「ん……っ」

ぐるりと身体を返されて正面からのしかかってくる宮原が一層深く抉りながら、尊人の前を扱いてくる。たちまち意識が蕩けて高みへと昇り詰めた。

「あ、あ、あ、……く……！」

「……ッ」

びゅっ、びゅっ、と白濁を彼の手の中に散らす一方で、宮原もどっと放ってきた。

「は……すご……まだ、中で、びくびくしてる……」

「出会って三秒で恋に落ちたからね」

軽口を叩《たた》く宮原の額《ひたい》は汗でびっしょりだ。それを手で拭ってやると、嬉しそうに彼が頰を寄せてくる。

受け止めきれない宮原の残滓《ざんし》がとろりと内腿《うちもも》に垂れ落ちていく感触が淫らだ。

「……今日出会ったばかりなのに……」

「相性がいいんだよ。僕らは」

額をこつんとぶつけてくる宮原が笑いかけてきて、くちづけてきた。

「とはいえ、最初から無理させてしまったね。どこか痛くない？　つらくないかい？」

「……だい、じょうぶ……だと思うけど、腰が怠《だる》いかも」

「はは、だよね。だったらきみをお風呂に入れてあげよう。隅々まで綺麗にしてあげる」

先に身体を離した宮原がバスタオルを持ってきて、尊人をくるんで抱き上げる。
広い胸に頭をもたせかけ、尊人はうとうとしながら微笑んでいた。

# 3

同居は驚くほどスムーズに始まった。

やさしくて愛情過多な宮原は仕事で家を空けることが多かったので、代わりに尊人は家事を担うことにした。といっても、毎週ハウスクリーニングの清掃員が入るし、宮原は食事を外ですませてくることも結構あった。

だから、毎日簡単に各部屋を掃除し、「今日は早めに帰るよ」と言われた日にはスマートフォンで簡単に作れるレシピを探してこころを込めて食卓を整えた。

大晦日《おおみそか》、尊人はおせちの作り方をスマートフォンで調べていた。

テレビや映画に引っ張りだこの宮原だが、正月の三が日は休めるらしい。年明け早々、新しい映画の撮りが始まるようなので、せめて正月ぐらいはゆっくりしてほしい。

いまどき、おせちはコンビニでも買える。ネット通販でも、大晦日に届く豪華なものがあるのだが、宮原の婚約者（仮）としてはすこしでも格好いいところを見せたい。

大掃除は昨日、ハウスクリーニングの清掃員が全室行ってくれたのでどこもかしこもぴかぴかだ。ふたつずつあるバスルームもトイレも、キッチンも清掃員が綺麗にしていってくれた。

尊人としては、仕事に出かけていったあとの宮原のベッドルームの換気を行い、寝乱れた布団やカバーを整えるぐらいだ。自室も同じく。

リビングのソファにちんまり座りながら、簡単おせちの作り方を検索し続け、なんとかメニューがまとまった。

黒豆、酢れんこん、いもきんとん、紅白かまぼこ、伊達巻き、ぶりの照り焼きの六品だ。あとは煮しめを作ればばっちりだろう。今夜はすき焼きの予定で、具材はすでに昨日のうちに調達してある。

朝の十時、早速ダウンジャケットを羽織って出かけることにした。

近くには高級スーパーがあるのみ。新鮮な有機野菜たちが目玉の飛び出る価格で売られていて、庶民の尊人は最初見たときほんとうに驚いた。

必要な食材を籠《かご》に入れ、レジに向かう。決済はカードだ。同居が始まってから数日後、宮原からクレジットカードを手渡された。名義は尊人だが、支払いは宮原がする。

『婚約者なんだから当然だよ』

涼しい顔をしてそう言っていた宮原を思い出し、苦笑してしまう。現金を渡されても困っていただろうが、限度額を聞いていないカードも持てあましてしまう。とにかく、無駄遣いしないように気をつけたい。

「あ、お餅《もち》。お雑煮も作ったほうがいいよな。あと、年越しそばも」

店頭で急ぎお雑煮のレシピを検索した。東京風のお雑煮で大丈夫だろうか。

昨日、暇潰しに宮原のことをネットで調べたところ、東京生まれの東京育ちと書いた記事が出てきたので、たぶん問題ないだろう。

そばに、鶏肉、パックの鰹節《かつおぶし》、三つ葉に大根、ニンジンに四角いお餅も籠に入れたら結構な荷物になった。それらを会計してもらい、持参したエコバッグに詰めてマンションへと戻る。

「さてと、まずは黒豆だ。炊飯器でできるんだ……」

スマートフォンを見つつ、丁寧に下ごしらえしていく。どれも簡単にできるものばかりだから、二時間後にはすべてができあがっていた。

綺麗な青の大皿におせちを盛りつけ、ラップをしておく。

あとは宮原の帰りを待つだけだ。

各部屋を回って掃除のし残しがないかチェックし、満足したところでひと足先に風呂に入ることにした。

今日はどんな香りにしようか。

宮原と同居を始めて、バスタイムをゆっくり楽しむことを覚えた。

バスルームに並ぶボトルの香りをひとつひとつ確かめ、爽《さわ》やかなグレープフルーツのバスソルトを使うことにした。

湯を溜めたバスタブにざらりとバスソルトを溶かし込み、服を脱ぐ。暖房のよく効いた宮原宅だが、立ちっぱなしで水仕事に勤しんでいただけにすこし疲れているし、手足の爪先が冷えている。

スマートフォンを持ってバスタブに浸かり、動画をチェックすることにした。

宮原隆一が出演したドラマをあさっているのだ。

これまで正直なところ、宮原の大ファンだったというわけではない。熱烈に盲信していたのでもない。ただ、格好いいなとは思っていたし、憧れのひとりでもあった。それはあくまでも一般人が輝く芸能人に対して抱く素直な感想だ。

洗練されていて凜々しい大人の男、宮原隆一。

それがいままでの彼に対するイメージだ。

だけど、同居を始めてみていっぺんにその印象が崩れていった。もちろん、いい方向に。

もっととっつきにくい人物かと思っていたのに、当の本人は度を超した愛情表現で尊人を驚かせる。

可愛いひとだ。宮原というのは。

アルファなのに気取っていない。それどころか、世話焼きでお喋《しゃべ》りも大好きで、一緒にいる時間はまったく退屈しない。

そんな宮原がどんな仕事をしているのか、あらためて気になる。

だからこうして、ひとりでいるときは彼の過去作を見直しているのだ。

今日観ているのは人気シリーズものの映画だ。

宮原が扮《ふん》するのは偏屈な大学教授で、さまざまな難事件を解き明かしていく。

つんと取り澄ました顔でトレンチコートのポケットに手を突っ込み、現場を行ったり来たりしながらいわゆるワトソン役の相棒にあれこれと自分の推理を組み立てていくシーンは圧巻だ。

長い台詞でもひとを引き込む力があり、一言一句聞き漏らせない。もともと、声がよく、聞き取りやすいという魅力も手伝っているのだろう。

二時間を超える映画なので全部をバスルームで観ることは無理だから、途中で止め、身体や髪を洗って、またバスタブに浸かり、続きを視聴する。

ぽかぽかに温まったところで停止ボタンを押してバスルームを出ると、「ただいま」という声とともに、サニタリールームに宮原が姿を現した。

「あ、おっ、お、おかえり」

慌ててバスタオルで身体を隠すと、宮原がくすくす笑う。

「隠すことないのに」

「……恥ずかしいんだってば」

「恥ずかしいことしたのに？」

「……まだ一度だけ！　着替えるから、あっちで待ってて」

「わかったよ」

可笑しそうな宮原が私室でコートを脱いでいる間に急いで身繕《みづくろ》いし、髪を乾かす。高性能のドライヤーはあっという間に尊人の髪をさらさらにする。仕上げに、宮原のヘアオイルを借りて数滴手のひらに垂らし、髪先に揉み込めば艶が出る。

リビングに向かうと、ルームウェアに着替えた宮原が待っていた。

「あらためておかえり。結構早かったんだね。夜遅くなるかと思ってた」

「年末だから、現場も早くはけたんだ。大晦日の今夜と正月三が日はずっときみと一緒だ。いまから買い出しに行く？」

「もう行ってきた。おせち、簡単だけど作ったんだ。あとで食べてみて。その前に年越しそば食べよう」

「うわ、大晦日っぽいね。最高だ。じゃあ、とっておきのワインを開けよう。僕がデビューした十八歳のときにもらった赤ワイン。いつか大切なひとと呑もうと思って取っておいたんだ」

「いいね、楽しみ」

「それから、有働から新作のゲームハードと対戦できるソフトももらってきた。冬休み中に遊びなさいって」

「有働さんってパッと見怖そうなのに、ほんとうはやさしいよね。隆一さんのこともすごく真面目に考えてるみたいだし」

「僕がデビューしたときからのマネージャーだからね。ああ見えて面倒見がいい男なんだよ。そうそう、これももらってきた」

ゲームハードが入っていた紙袋から、宮原がちいさな袋を取り出す。

「はい、有働から」

「……お年玉?」

ポチ袋を渡されて、声を上げて笑ってしまった。

「いいのに、こんな気を遣わなくても」

「僕と同居していくうえで、好きなものを買ってってって。それは僕の役目なんだよと言ったんだけど、あいつも引かなくて。まあ、たいした額は入ってないと思うから、好きに遣いなよ」

そうは言ってもポチ袋は結構厚みがある。そうっと中をのぞくと、一万円札が数枚折り畳まれていた。

「一、二、三……四、五、六……うそ、十万円も？　さすがにもらいすぎ」

「ノートパソコンでも買い替える？」

「うーん……まだあれ使えるしなぁ。とりあえず、ありがたく取っておく。隆一さん、すこし早いけど、年越しそば食べる？　夜はすき焼きにしようと思ってるんだ。食材は昨日買っておいた。で、明日からはおせちとお雑煮」

「賛成。ちょっと小腹が空いてるんだ」

「じゃ、ちゃちゃっと作っちゃうね」

年越しそばは意外と簡単なものだ。近くのそば屋で買った生そばを湯がいて、つゆを入れた器に盛り付け、おせちでも使う紅白かまぼこを切り取り、小口切りにした少量のネギと一緒に盛り付ければできあがりだ。

「つゆが熱々だから気をつけて」

「わ、いい匂《にお》いだ。美味しそう……早速いただいてもいいかな」

テーブルで待っていた彼の前にどんぶりを置くと、箸《はし》を手にした宮原がにこにこする。

「どうぞ、召し上がれ」

「いただきます」

両手をしっかり合わせる宮原はいい育ちなのだと知れる。

ずずっと勢いよくそばを啜る彼の前に、尊人もどんぶりを持って腰掛けた。鰹と醤油のいい匂いが食欲をそそる。

かまぼこがぷりぷりしていて美味しい。ネギも新鮮だ。

ほわほわの湯気を立てながらそばを食べ、今日の互いの出来事を話した。

「いまちょうど、難しい役にかかってるんだよ。とっつきにくいキャラだから、どう心理面を掘り下げるべきか毎日考えてるよ」

「それってもしかして、あの人気シリーズの教授ミステリー？」

「そうそう、知ってた？」

「ここ最近ずっと観てる。面白いよね。クールビューティな大学教授が歯に衣着せぬ物言いでズバズバ真相を言い当てて、犯人を追い詰めていくあたり、毎回ドキドキする」

「役者冥利《みょうり》に尽きるな。ありがとう」

やわらかに微笑む宮原からは、役柄の冷たさなどみじんも感じない。やさしく包み込むような笑顔で、美味しそうにそばを啜っている。

「はー、ごちそうさま。美味しかった。じゃ、ゲームやろうかゲーム」

「いいよ。俺、食器洗っちゃうから、ハードのセッティング頼んでいい？」

「任せて」

二手に分かれて作業をこなす。ふたつのどんぶりと鍋を洗うのはあっという間に終わった。対して、宮原は少々苦戦しているようだ。

大型液晶テレビの裏側に配線コードを通し、テレビボードにゲームハードを設置する。リモコンでいろんな画面を映し、なんとかハードの初期画面が映ったときは、「やった！」と嬉しそうに声を上げていたぐらいだ。

「さあさあ尊人くん、隣に座って。ペンキをぶつけ合う単純なゲームなんだ。ペンキだらけになったほうが負け。簡単なルールだろ？」

「俺にもできそう」

「やってみよう」

ソフトを起動させ、ひととおりチュートリアルで操作を学んで、いざ実践だ。オンラインゲームでもあるので、世界中のひとと繋がって戦うこともできるが、宮原も尊人も初心者だ。とりあえずはふたりで競い合おうという話になった。

カラフルな黄色のペンキボールを投げれば、画面の中の宮原のキャラクターはすかさず逃げ、代わりに立て続けに赤いボールを投げてくる。

「わわわわ、ずるいずるい隆一さん、続けて投げてくるなんて」

「ふっふっふ、勝負は勝負だ。ずるいもなにもない」

わあわあ言いながら二時間ほど遊んでいたらもう外は真っ暗だ。テレビでは歌番組も始まっている。

「一回休憩して、すき焼きでも食べようか」

「いいね、お腹に余裕ができてきた。対戦でエネルギー消耗したし、もりもり食べられる。僕も手伝うよ」

おそろいで買ったエプロンを身に着け、キッチンに立った。

「お肉、奮発しちゃった。黒毛和牛」

「おお、豪勢豪勢。僕は野菜を切ればいいかな?」

「お願いしていい?」

「もちろん」

ネギに春菊《しゅんぎく》、えのきたけに生しいたけを手際よく洗う宮原は自炊に慣れているようだ。

「隆一さん、よく料理するの?」

「たまに気晴らしにね。仕事柄外食がどうしても多いから、ささっと食べられるお茶漬けやお粥が恋しくなるんだ。たまごかけごはんだけでも大満足。幻滅した? あの、宮原隆一がたまごかけごはんを喜んで食べるなんて」

「ううん、一気に親近感湧いた。ちょっとお醤油を垂らすと抜群なんだよね」

「そうそう。たまごは身体にいいしね」

そうこうしているうちに具材がそろい、大きな鍋に割り下を入れて沸騰させ、テーブルに設置したカセットコンロに運んでいく。

ネギや生しいたけを先に入れ、菜箸で肉を割り下に浸していく。

ふつふつと沸き立つ鍋で肉の色が変わったら食べ頃だ。それぞれ溶きたまごの入った器を持ち、熱い肉にたっぷりたまごを絡めて頬張る。

「ん、美味しい！」

「さすが黒毛和牛。侮《あなど》れない」

途中で春菊や豆腐も入れ、ほどよくくたくたになったところで食べた。

「昔、春菊って苦手だったんだけど、大人になってからはこの苦みが美味しく思えるようになったな、俺」

「僕もだよ。鍋に春菊が入ってるのと入ってないのとでは大違いだよね。ベストオブ脇役だ。エノキも美味しい」

「お豆腐も」

歌番組の裏でなにをやっているのかとザッピングすると、プロレスやお笑い番組と賑やかだ。

「でもやっぱり、なんだかんだいって歌番組を見ちゃうよね。この一年どんな曲が愛されたかがわかるし、昔から大事にされてきた歌に触れるのもいい。あ、ワイン開けよう」

「待ってました」

コルクを抜く係の宮原は慎重に栓《せん》を抜き、大ぶりのグラスにたっぷりと赤ワインを満たしてくれる。

「乾杯、可愛い僕の婚約者さん」

「ふふ、乾杯」

ひと口呑んでみると、渋みとコクのあるいいワインだ。すこし大人の味だが、美味しいことは尊人にもわかる。ワインだとすぐに酔ってしまうので、ゆっくり呑まなければ。

歌合戦は紅組の勝利で幕を収めた。二十三時四十五分。各地の寺に参拝する番組が始まっている。もう初詣《はつもうで》に出かけているひとがいるのだ。

大雪に見舞われている地域もあって、皆、もこもこと着込んでお参りしている。

床暖房と電気式暖炉で存分に暖まった室内で、雪景色を眺めながらワインを舐めるのもまたオツだ。

「はー……いい気分だ……、愛しい番と初めての大晦日……しあわせだよ」

「番かどうかはまだ信じられないけど……しあわせなのは同意」

ふふっと笑ってワイングラスをぶつけ合う。

「綺麗に食べたね。後片づけは僕がやるから、すこし休んだら近くのお寺に初詣にでも行くかい？」

「麻布にもお寺があるんだ」

「ちいさなところなんだ。街の住民が集まって甘酒を呑んでお参りする」

「んー、魅力的だけどちょっと眠いかな……」

「ワイン、ボトル開けちゃったしね。だったらぬるめのお風呂に入って今日はもう休もうか」

「うん」

ありがたい提案に乗ってのろのろと立ち上がり、再びバスルームへと足を向ける。酔いが回っているからぬるめのシャワーだけにしておいたほうがいい。さっき全身洗ったから、さっと湯を浴びるだけにとどめた。

すっきりした気分でサニタリールームに出ると、オフホワイトのガウンと新品の下着が置かれている。宮原が用意したのだろう。面はゆい気分でそれらを身に着け、「上がったよ」とテレビを観ていた宮原に告げれば、「じゃ、今度は僕の番」と席を立つ。

「今夜は僕の寝室で一緒に寝てみない？」

「隆一さんのベッドで？」

「そう、ふたり仲よく手を繋いで新しい年の朝を迎えるんだ」

「照れるけど……わかった。そうする」

バスルームに入っていく彼を見送り、キッチンの冷蔵庫からミネラルウォーターのペットボトルを取り出す。冷えた水で酔い覚ましをしながら、宮原のベッドルームへお邪魔した。

毎日、換気やベッドメイクのために入る部屋だが、夜はなんだか特別だ。

クイーンサイズのベッドが部屋の真ん中に設えられており、スタンドライトを点けるとやわらかな灯りがほのかに広がる、
最初の夜以来、身体は繋げていない。あれが思っていた以上にすごかったし、翌日は一日ベッドで過ごしたので、宮原も気遣ってくれたようだ。

毎晩、ここで宮原が眠る。枕に顔を押し付けると彼の匂いがしておかしな気分になりそうだ。

そういえば、発情期が近いはずだ。周期はスマートフォンのアプリで記録しており、今日もいつもどおり見たところ、二、三日以内に次の発情期が来ると表示されていた。

そう考えると、余計にドキドキしてくる。

いままで発情期はひとりで過ごしてきた。熱い身体を持て余し、ひとり自分を慰める時間は長く、虚しかったけれど、今回はどうだろう。

宮原がいる。

その一点で、すべてが大きく変わる。

発情期は約一週間続く。その間は他人と肌を重ねることしか考えられない。これまで懸命に抑えてきた衝動を、宮原相手にならぶつけても大丈夫だろうか。

そわそわしながら水を飲み、ベッドの縁に腰掛けながら足をぶらぶらさせる。

先にベッドに横たわっていてもいいのだが、淫靡《いんび》に誘うみたいでためらわれた。

しだいにじりじりと体温が上がっていく。息も浅い。

これから手を繋いで眠るだけだというのに、発情期が迫っていることもあって落ち着かない。

でも、ほんとうに手を繋ぐだけで終わるだろうか。

それはそれですこし寂しいと思う自分がいる。

あの晩みたいな熱が欲しい。もう一度だけでも。

「俺って結構……エッチだったのかな」

ひとり顔を火照《ほて》らせていると、「待った?」と宮原が髪をタオルで拭いながらベッドルームに入ってきた。

「あ、あ、ううん、べつに。水……飲んでただけ」

「ひと口もらってもいいかな」

「どうぞ」

ペットボトルを渡すと、バスローブ姿の宮原が美味しそうに喉を鳴らす。

「はあ、美味しい。……ね、もしかして緊張してた？」

「え、……わかる？」

「うん、頬のあたりが強張ってる」

ひと差し指で頬をすりっと撫でられ、くすぐったさに肩をすくめた。

「……ほんとうに手を繋いで寝るだけなのかなって……思ってた」

隣に宮原が腰掛け、肩をぶつけてくる。

「甘い香りがする。この間よりもっと強くて濃厚だ……もしかしたら、発情期が近いのかな」

「ん、たぶん……」

「発情期の間はどんなふうにしたらいい？　僕は離れてたほうがいいかな」

「だめ。そばにいて」

思わず彼の袖《そで》を引っ張っていた。

顔を近づけ、せつない声で囁く。

「……俺、発情期を他人と過ごすのは初めてなんだ。どうなるかわからない。でも……そばにいてほしい。きっと……いろいろ、したくなるから……」

つっかえつっかえ言うと、宮原は破顔し、甘くくちづけてきた。

「大歓迎だよ。どんな願いでも叶える。きみのためならね」

肩をやさしく抱かれて組み敷かれた。もう口から心臓が飛び出そうだ。

くちびるを重ね、舌を絡め合う。

尊人のキスはまだつたなくて、宮原を満足させられないんじゃないかと不安になる。だが、それを楽しむかのように宮原はじゅるっと舌を啜り上げ、うずうずと擦り合わせてきた。

とろりとした唾液が伝ってきて、こくりと飲み込む。

「……ん……」

彼の胸に両手をあてがい、絶え間ない疼きを抑えようとするが、無理だ。

舌先を軽く食まれただけでびりっとした狂おしい刺激が走り抜け、腰の奥がずきずきする。

「は、……っん……ぅ……」

「手を繋ぐだけじゃ、やっぱり物足りないかな」

「俺も……このまま発情しちゃったら……ごめん」

「尊人くんのすべてを見せて」

くちづけられながらバスローブの前を開かれていく。外気に晒され、肌が粟立《あわだ》つ。

ぶるっと身体を震わせたのと同時に胸の尖りに吸い付かれ、「——あ」と声を上げてしまった。

前回もそこを念入りに愛された。今夜もちゅくちゅくと甘嚙みされて、身体の芯がきゅんと蕩けそうだ。

「や、や、そこ、ばっか……」

「だって尊人くんのここ、可愛いんだよ。吸うとぽってりふくらんで、噛むといじらしく赤らんで」

指で捏ねながら言わないでほしい。

ふっくらと腫れ上がった乳首は吸いやすいらしく、宮原はことさら執心する。

「あ、っ、あん、やぁ……っ……」

「いい？」

「ん、……う、ん……きもち、いい……」

ほんとうだった。

乳首を甘く、ずるく吸われると下肢まで疼いてどうしようもない。

「おねが、い、……っさわ、って……」

「どこを？」

「下……下の、ほう」

「ここ？」

下着越しに肉茎を擦られ、びくびくっと身体が波打つ。

「はは、もうぐっしょりだ」

「や……いわない、で……」

ボクサーパンツの縁を引っ張られると、ぶるっと鋭角にしなった性器が飛び出す。

根元を摑んだ宮原がちらっと赤い舌をのぞかせる。

そのまま扱いてくれるのかと思ったら、亀頭を頰張られて驚いた。口淫はこれで二度目だ。

「ま、って、だめ、そんなこと、しなくても……！」

「きみの全部を食べちゃいたいんだよ。味わわせて」

熱い口の中でねっとりと溶かされる快感に身悶《みもだ》えた。

肉竿に舌が巻き付き、じゅるりと亀頭に向かって吸い上げられる。宮原の愛撫にためらいは感じられなかった。

浮き立った筋をちろちろと舌先でなぞり、くびれをぐるりと舐め回したあと、先端ごと咥《くわ》えてじゅぽじゅぽと舐めしゃぶる。

淫猥《いんわい》な音が静かな寝室に響き、顔から火が出るほど恥ずかしい。

でも、いい。気持ちいい。

他人の——それが誰もが知る宮原の口を犯しているのかと思うと、背筋がぞくりと震えるほどの悦楽がこみ上げてきた。背徳感も交ざっていたかもしれない。

あの宮原隆一に咥えてもらっているなんて。

テレビや劇場で彼を見ない日はないぐらいの宮原に愛されているなんて。

その事実がまだうまく呑み込めなくて、尊人はあえかな声を漏らした。

「だ、め、そこ、っあ、あ、く……っも、もうほんと、だめだってば……！」

「このままイって」

「んんーっ……！」

一層淫猥に舐めしゃぶられ、たまらずに宮原の口内にどくりと放った。

「っは、ぁ、あ……っぁ……」

「いっぱい出たね。元気だ」

宮原が喉を鳴らす。

まだ硬い性器を握り締め、ゆったり扱きながら残滓を窄まりに塗りたくる。発情期間近なせいか、尊人のそこはやわらかにほどけていた。

長い指を挿し込んできた宮原が嬉しそうに顔をほころばせる。

「もうぐずぐずだ。きみの中からも蜜があふれ出してる」

子宮を持つ男性オメガは、女性と同じように性交時に愛蜜をしたたらせる。

中をくちゅくちゅとかき回されて快感に呻くと、前と同じように上側を擦られ、胡桃《くるみ》大のそこを丁寧に揉み込まれる。

「きみの前立腺は、ここだ」

「ん……っ」

ぐしゅぐしゅと指を抜き挿しされて広げられた。蕩けた肉襞が彼の指に絡み付いてしまうのが羞恥心を煽る。

じわじわと身体の奥から迫ってくる熱を、宮原に暴いてほしい。めちゃくちゃにしてほしい。

「りゅう、いちさん……」

両手を伸ばすと、宮原が正面から覆い被さってくる。

「もう欲しい？」

「……欲しい」

「じゃあ、あげる」

膝裏に手を差し込まれて肩に担ぎ上げられ、両腿の奥に充溢《じゅういつ》がひたりと押し当てられた。

「挿《い》れるね。息して」

「……っ」

ぐっとめり込む衝撃に一瞬息が止まったが、頬をやさしく撫でられ、深く吐き出す。

「あ、あ、ふとい……っ」

「きみに合ってる？　きみに……気に入ってもらえてるかな」

慎重に腰を進めてくる宮原の声も掠れていた。

ずんっと穿《うが》たれ、最奥までみっしりと埋められると身体が弓なりになった。

全身で宮原を感じている。頭の中まで、いっぱい。

彼の腰に両足を絡めて引き絞り、奥の奥まで感じようとした。

宮原も尊人の欲求を感じ取ったのだろう。ずぶずぶと突き込んで、ゆっくり引き抜いていく。

じっくりとその形を覚えさせるように、わざとずるく抜かれていいところが擦れ、気持ちよすぎて声が止められない。

「やぁ……あぁっ……あっ……それ……いい……っ」

「うん、いいね。僕もすごくいい」

顔中にキスを降らしながら宮原が囁いてくる。

「きみも揺らしてみて。すこしずつでいいから」

「ん、んっ、んぅっ」

言われたとおり、ぎこちなく腰を揺らめかせた。リズムが合うとき、合わないときがあって、もどかしくも嬉しい。呼吸のタイミングが合うことすらしあわせだ。

ねっとりと最奥で絡み付くのがたまらないようだ。宮原が息を漏らし、ぎゅっとかき抱いてくる。

「尊人くん……尊人くん」

「ん……っ」

肉洞をじゅくじゅくと貫くスピードが速まっていく。

頭の中が真っ白に沸き立つ。気持ちいいという感覚をとおり越して、軽い絶頂を何度も迎えていた。

汗ばむ肌が擦れ合い、すこしも離れたくない。

身体の奥からざわめきがちりちりと迫ってきている。火花のように熱い予感が全身を覆い尽くす頃、宮原が一層強く腰を遣ってきた。

「だ、め、だめ、も、……っぁ、なんか、くる、きちゃう……！」

「一緒にイく？」

「ん、ん、一緒に、イきたい……っ」

ぶるりと身体を震わせ、爪先をきゅっと丸めた。

ぐぐっと抉ってくる宮原に強くしがみつき、「あ……！」と声を嗄《か》らす。

「イく、イっちゃう……！」

「ん……！」

くり抜かれてしまいそうなほど激しく貫かれ、快感の波がどっと押し寄せてきた。硬く反り返った性器からどくんと蜜を放つのと同時に、身体の最奥に強い熱を撃ち込まれる。

たっぷりとした精液で肉襞を濡らされるたび、ひくんと身体が震えて、快感を彼方から呼び寄せる。

　まだ欲しかった。もっと濡らしてほしい。

「……こんなにあげたら、きみが孕《はら》んでしまいそうだよね」

「……ぁ……っ……ぁ……」

　熱い抱擁で本格的な発情期に入ったようだ。

　どんなに放たれてもまだ飢《う》えている。

　そのうえに、これ以上ない愛をもたらされる予感がした。

「隆一、さん……」

「もっと欲しい？」

　甘い声にこくこく頷く。

「……じゃあ、もっと僕をもらって。きみに無理させちゃうかもしれないけど」

　ぬめりの中、ゆったりと宮原が再び動きだす。

　前よりもっと熱い波が待ち構えていた。

# 4

いままでで一番濃密な一週間を過ごした。

本格的な発情期を迎えた尊人は日がな一日宮原を求め、満足するまで身体を重ね、喉が渇いたら水を飲み干すように情交を繰り返した。

お正月休みということもあって、宮原もとことんつき合ってくれた。途中から仕事が始まったけれど、彼の体香が染みついた衣類をありったけかき集めて巣を作り、その中で身体を丸めてうとうとと眠る日々だった。

「オメガの巣作りは初めて見たよ」

宮原は楽しそうに言って、クローゼットの中の衣類をどっさり貸し出してくれ、脱いだばかりのシャツも渡してくれた。これが尊人にとっては命綱だった。

宮原が使う柑橘系《かんきつけい》のコロンと温もりがうっすら残るシャツに包まれて眠るひとときは、じわじわとしあわせで、次の欲情を待つためのものでもあった。

献身的な宮原のもとで微熱をともなう日々を過ごし、ようやく発情期が終わり、日常が帰ってきた。

そこから春先までの数か月は穏やかなものになっていった。

宮原宅での過ごし方を覚え、毎日の家事の合間に就活に挑む。宮原は新しい映画撮影に入っていたので、家を空けることもすくなくなかった。そうなるときはきまって尊人を全身で愛し抜き、くたくたになる頃やっと解放してくれたものだ。

いまだ、宮原隆一の婚約者という実感は湧かないものの、彼に対する好意は日増しに募っていった。もともと、素敵なひとだなとは思っていたのだ。そんな相手から熱烈に愛されて、情が移らないほうがおかしい。

こころから愛しているかと言われたらすこし困ったかもしれない。そこまでは至らないものの、好きだという感覚はあった。なにせ時間さえあれば身体を繋げていたのだ。彼だけの声、体温、匂いを覚え込み、いつしか宮原は尊人にとって欠かせない存在になっていた。

変化に気づいたのは、桜が咲く頃、四月の始めだった。

数日微熱が続き、次の発情期が来るのだろうかとアプリをチェックしていたのだが、いままでのような飢餓感はなく、ただ身体が重怠く、食欲も減退していた。

代わりに酸味のあるものを欲し、馴染みとなった高級スーパーでレモンやグレープフルーツを大量に買い込み、フレッシュジュースにしたり、ざっくり割ってそのまま食べたりもした。

その次に吐き気がやってきた。なにを口にしてもすぐに気持ち悪くなってしまい、スポーツドリンクばかり飲むようになった頃、ようやく自身の変化に目を向けた。

ひょっとして、悪い病にでもかかったのだろうか。

まだ若いのに。

いや、しかし。

もしかして。もしかしたら。

ひとつの予兆を胸に、保険証を持って近くの病院のオメガ科を訪れた。

対応してくれたのは三十代とおぼしき男性医師で、にこやかな笑顔にほっとした。

「おめでたですね。三か月に入っています」

「おめ、でた……」

「ご懐妊ですよ」

「……俺が？」

言葉の意味が意識に浸透しなくて、ばかのように問い返してしまった。

妊娠？

誰の？

間違いない、宮原の子だ。

さかのぼれば、年末あたりに訪れた発情期の際、彼と身体を繋げたことがきっかけだったのだろう。

指折りかぞえてぼんやりしている尊人に、男性医師は丁寧に説明してくれた。

安定期に入るまでは身体をいたわること。つわりの時期は無理をしないこと。

「うちをかかりつけにしますか？　うちでしたら、出産後のケアまでできますよ」

「あの、……とりあえずパートナーに相談してから……でもいいですか」

「もちろんです。おめでとうございます。お腹の子も石野さんの身体も、大事にしてくださいね」

「……はい」

なんとか頷いて家に帰る間、どうしようどうしようとぐるぐる悩んでいた。

彼の子を宿したことを、宮原に打ち明けるかどうするか。

愛情豊かな宮原のことだ。「あなたの子を宿したんだ」と言えば、諸手《もろて》を挙げて大喜びしてくれるだろう。

しかし、もしかしたら、その反対の可能性もある。

婚約者という立場で家に迎え、かぞえきれないほどのセックスをしたものの、子どもを授かるにはまだ早いと渋面を見せるかもしれない。

まだ平らな腹に手を当て、部屋に戻ったあとぼうっとしながらレモンソーダを飲みつつ、ソファに腰掛けた。

テレビを点ければ、ちょうど宮原の出演するハウジングのＣＭが流れていた。

宮原が若きパパとして、妻となる女性と幼子との三人がリビングでくつろぎ、庭で遊ぶ様子が軽やかな音楽とともに映し出されている。

温かな家族風景にうっとり見とれた。

尊人にも家族がいることにはいる。中堅の貿易業を営む両親と、五歳下の弟の四人家族だ。だけど、両親は仕事に忙しく、尊人も弟の眞琴も幼い頃からベビーシッター任せだった。

ぎゅっと大きな手で抱き締められた覚えもなければ、頭をやさしく撫でられたこともない。

裕福な暮らしではあったと思うが、ありきたりの愛情に欠けていた。

他の子も、みんなこんなふうなのだろうか。授業参観にも運動会にも来てくれないのが当たり前で、お弁当は家政婦が作ってくれた彩りが綺麗なものだった。

綺麗だけど、どこか冷たいお弁当だった。

尊人は、いびつなおにぎりや、赤いウインナーや手作りのハンバーグが詰められたお弁当をいつも羨ましく眺めていたものだ。

両親の影響を受けたとすれば、さまざまな品を扱う貿易業の楽しさだ。家はアンティークな物であふれており、尊人は味わい深い古い品々に囲まれて育ってきただけに、いつか自分も貿易業をやりたい、と思っていた。

けれど、受け継いだものはそれだけだ。

もし、——もしも自分の子が無事に生まれてくれたら、愛情を込めて、不器用でも手作りのお弁当を持たせてやりたい。毎日抱き締めて、「世界一可愛いよ」と言ってあげたい。

与えてもらえなかった愛情を飽きられるほどに与えてあげたい。

そんなふうに考えているうちに夜になり、風呂上がりのタイミングで宮原が帰ってきた。

「ただいま、尊人くん。ケーキ買ってきたよ」

「あ、お、おかえり。ごはんは食べてきたんだよね」

「うん。有働やスタッフと一緒に。きみは食べた？　最近ちょっと食欲ないみたいだから心配で、ケーキならどうかなと思っていろいろ選んだ」

トレンチコートを着たままの宮原が有名パティシエの作るケーキの箱を手渡してくれる。中を見てみると、フルーツタルトやチョコレートケーキ、ストロベリーケーキが綺麗に入っていた。

「美味しそう。タルト食べてもいい？」

「もちろん。僕はチョコレートケーキを食べようかな」

「お皿に盛り付けておくから、着替えてきて」

「了解」

頬にちゅっとキスして立ち去っていく男の背中に微笑み、食器棚からレース模様の皿を取り出す。

宮原はさまざまなティーカップを集めるのが趣味らしく、棚ひとつぶんコレクションが収まっている。尊人でも知っている有名ブランドのものもあれば、個人が作っているらしき味わいのあるカップもあって、見ているだけで楽しい。

「今日はどのカップにしようかな……」

目移りするが、自然と、やさしい花柄のカップを手にしていた。

新しい命がこの体内に宿ったと知った記念日だからだろうか。

不安もあるけれど、同時に嬉しさもあった。

オメガとして生まれた以上、いつか縁があったら子どもを産むかもしれないとうっすら考えていたのだ。

それが、宮原の子になろうとは。

ガチャガチャで引き当てた男と子を生すとはさすがに想像していなかったけれど、この数か月の同居で彼への想いは色鮮やかに変化している。

最初は薄いピンク。しだいに濃くなり、いまはたとえれば朱色だ。

真っ赤になるまで、もうすぐ。

丁寧にアールグレイティーをテーブルにセッティングしていると、ルームウェア姿の宮原が戻ってくる。

「ありがとう。早速食べようか」

「うん」

ふたり向かい合わせにテーブルに着き、まずは香り高い紅茶をひと口。すっきりした味わいにほっとし、フルーツタルトをフォークで割った。宮原はもうチョコレートケーキを口に運んでいる。

「ん、やっぱりこの店のケーキは美味しい」

「だね。ここ、行列ができる店でしょ。すんなり買えるなんてやっぱり隆一さんだね」

「以前、この店でロケしたことが縁で、パティシエとはつき合いがあるんだ。電話で好きなケーキを伝えておくと取っておいてくれる。タルト、気に入った？」

「すごく美味しい。甘酸っぱくて、生地はさくさくしてて癖になりそう」

「また買ってくるよ」

機嫌よさそうな宮原を見ていると、言いたくてたまらなくなってくる。

この身体の秘密を。

他愛ない出来事を話しながらも、尊人のこころはひとつのことに占められていた。

言うか言うまいか。

安定期に入るまで黙っておいてもいいかもしれない。

いや、そもそも彼は人気俳優だ。婚約者（仮）の立場はいまのところ非公開で、マスコミにも嗅《か》ぎつけられていない。有働たちがうまく立ち回ってくれているのだろう。

アルファの宮原なら、相手は選び放題だ。なにもオメガをわざわざ選ばずとも、育ちのよいアルファ女性がたくさん集うだろうと思う。

しかし、いまの自分は彼の子を宿した身だ。

黙って家を出ていくことだってできるけれど、それはさすがに彼を裏切る気がする。

一緒に暮らす中で、宮原が愛に正直な男だということを知った。

出会いこそは突拍子もないものだったが、さほど抵抗なく彼に抱かれた自分も、目と目を合わせたときから惹かれていたのだろう。

「あの……隆一さん」

タルトを食べ終え、紅茶でくちびるを湿してから尊人は顔を上げた。

「その、……話したいことが、あるんだけど」

「どうした？　もっと食べたい？　あ、僕のぶんも食べるかい？」

「ううん、そうじゃなくて。お腹はいっぱい。あの……」

知らず知らずのうちに両手で腹を押さえていた。その仕草に、宮原は怪訝《けげん》そうな表情になる。

「もしかして具合が悪くなったかな。大丈夫？　薬なら常備しているものが……いや、病院に行ったほうがいいかな。救急車呼ぶ？」

「だ、大丈夫大丈夫。病院にはもう行ったから」

「やっぱりどこか調子がよくないのかな」

みるみるうちに心配そうな顔になる宮原に、何度も息を吸い込んだ。

神様——どうか神様、彼が喜んでくれますように。

「じつはね、俺……最近あまり体調よくなくて、微熱も続いていて……発情期なのかなって思ったんだけどそうじゃなくて……病院、行ったんだ」

「うん」

聞き入っている宮原は真剣なまなざしだ。

「この近くに病院あるでしょう？　そこに行ったんだよ。初めて診《み》てもらったけど、いい先生だったんだ」

「それで？　診断の結果は出た？」

「あの……」

いざ言おうとすると舌がもつれて、うまく動かない。

あなたの子を宿したんだ。

たったそのひと言が紡げなくて、空っぽのティーカップを手にしてはソーサーに戻し、もじもじしながらうつむき、視線をさまよわせる。

「尊人くん、お願いだ。教えてくれないか」

いよいよ宮原の不安げな表情が本物になる頃、こころを固めた尊人は深く息を吸い込んでまっすぐに彼を見つめた。

声が震えそうになるけれど、もうしょうがない。

「……子ども」

「うん？」

「……子ども、できた。たぶん……ていうか、間違いなく……俺とあなたの子ども」

言い終えるか終えないかのうちに、がたっと音を立てて立ち上がった宮原がつかつかと歩み寄ってきてがっしりと肩を摑んでくる。

「――ほんとうに？」

見たこともないほどの真剣な顔と声にこくりと頷いた。

「ほんとうだよ、三か月だって先生が……」

「結婚だ！　入籍しよう、尊人くん！」

「は、――は？」

思わず素っ頓狂な声になってしまった。

子どもができたと告げたら、結婚だ入籍だと高らかに宣告されるとは思っていなかった。

もっと深刻な場面を想像していたのに、宮原は頬を紅潮させ、うっすらと涙まで浮かべている。

そして尊人を大切そうに抱き締めてきた。

「……ありがとう、僕の子どもを授かってくれてほんとうにありがとう。一生を賭けてきみたちを愛していくよ。早速明日役所へ行って入籍して」

「ま、待って待って、話が早い。落ち着いて。そもそも隆一さんの立場とかあるんだし」

自分のほうが焦《あせ》ってしまった。

クラッカーでも鳴らしそうなほどの勢いで喜んでいる男を見るのはこころから嬉しいが、宮原は有名人だ。多くのファンを抱える人気俳優だ。そんなひとといきなり明日入籍するというわけにはいかない。

「マスコミ対策とかあるよね。だいたい、有働さんにも伝えてないんだし」

「僕の人生は僕が決めるよ」

きっぱりと言い切った宮原が尊人の左手を取る。そして、薬指にそっとくちづけてきた。

「順番があるというなら、結婚指輪を買わないとね。まだ宝飾店は開いてるかな。行きつけの店

だったら店長に電話して、ああその前にきみのこの指のサイズを測って」

「落ち着いて、隆一さん。俺の話も聞いて」

「なに？　宮原尊人になるのがいや？」

その訊き方はずるい。

宮原尊人。

そう言われて胸が躍った自分は調子がいいのだろうか。

いつか、誰かと家庭を築く。そう夢見たことは何度もある。

寂しい子ども時代を送ってきたからこそ、しあわせな家庭を作りたい。

誰か——誰かと。

それが宮原だなんて。

頬がじわじわ熱くなってうつむいてしまう。

「……ずるいよ、隆一さん。そんな訊き方して、俺……ノーって言えないじゃん」

「じゃ、イエス？」

イエスとノーの合間なんかない。

ここでためらったら男じゃない。

「……宮原、尊人に……なります」

「ほんとうに⁉」

「でも待って、一応有働さんに相談してよ。いままでクリーンなイメージで売っていたあなたがいきなり結婚して子どももできたなんて言ったら、世間は大騒ぎだよ。イメージって大切でしょ？　ファンのためにも、ちゃんと順を追って公開したほうがいいよ」

「尊人くんのほうがずっと大人だな」

可笑しそうに宮原が笑う。

「わかったよ。じゃあ、まず有働に相談する。事務所からオーケーが出たら発表してもいい？」

「……うん。隆一さんのイメージに傷がつかないなら」

「大丈夫。僕だっていい大人なんだし、適齢期だよ。ファンもきっと祝福してくれる」

「そうかなぁ……」

宮原は胸を張るけれど、単なる一般人の尊人は不安が残る。

いままで、宮原は浮いた噂がほとんどない芸能人だった。男っぷりがよく、見るからに上等なアルファ。その魅力は画面やスクリーンをとおして十二分に伝わってくる。

雑誌やネットでも、毎年「抱かれたい男」ナンバーワンに選ばれているぐらいだ。

なのに、オメガの自分が彼のパートナーになったと世間に知られたら、安定期もなにもあったものではない。せめて身体が落ち着くまで――いや、我が子が無事に産まれるまで、いいや、もっと欲を言えば「ぱぱ」と言えるぐらいの年齢になるまで、そっとしておいてほしい。

テレビリポーターや週刊誌の記者に追いかけられるのだけは勘弁してもらいたいと思うのは、一般人だからだろうか。

芸能人の宮原はカメラ慣れしているけれど、自分なんてそこらにいる一庶民だ。プライバシーぐらい大切にしたかった。

疑念が顔に浮かんでいたのだろう。宮原が気遣うようにしゃがみ込み、両手を摑んでくる。

「僕に任せて、尊人くん。けっしてきみにつらい思いはさせない。お腹にいる子を大切にして過ごすことを一番に考えるよ」

「うん……」

「愛してる」

なんの前触れもない告白に、かっと頰が熱くなった。

宮原はやさしい笑みを浮かべていた。

「きみを世界一愛しているよ。初めて出会った日から運命だとわかっていた。番だという以上に、きみと僕は強く強く結ばれている。——大丈夫、ふたりならどんなことでも乗り越えていけるよ。僕を信じて」

「……うん」

今度ははっきりと頷いた。

彼の気持ちを疑っているわけではない。ただ、手にしたばかりの命の脆さが怖いだけだ。

この身体に宿った新しい命を守りたい。宮原と一緒に。

「わかった。あなたを信じるよ。……隆一さんの子を授かれてよかった」

「無事に生まれてくるまで、身体を大切にしなきゃね。それはそうと、やっぱりきみだけでも結婚指輪をはめてほしいな。知り合いの宝飾店に頼んで、イニシャルを彫り込んだプラチナのリングを贈るよ」

「ありがと」

熱っぽい言葉に負けて、くすりと笑った。


おめでたいニュースに待ったをかけたのは、有働だ。

「けっしておふたりのしあわせを邪魔するわけではありません。ですが、いまの隆一さんには最新映画の撮りの最中ですし、それに応じたプロモーションも数多く控えています。ここでおめでたのニュースがすっぱ抜かれると、やはり仕事に差し障りが出ます」

「ですよね……」

「有働、僕は尊人くんと結婚するぞ。子どもだって産んでもらう」

「わかっています。そのことに反対しているわけではありません。ただ、情報をオープンにするのを先送りしたいと申し上げているのです」

妊娠したことを告げた翌日、有働を自宅に招いて事の次第を話したところ、至極冷静な反応が返ってきた。さすが、宮原を見出《みいだ》したマネージャーだ。大喜びする宮原を諫《いさ》めることなく、淡々とビジネスの話を進めていく。

有働にしてみれば、おめでたの発表は現状するべきではないと判断しているのだろう。

「そもそも、尊人さんは一般人でしょう。顔が売れている宮原さんとは大きく違います。プライバシーを尊重した対応をしていかないと、やがて生まれてくるお子さんにも影響が及びますよ」

「……う」

的確な言葉に、さしもの宮原も口を閉ざす。

見るからにしょんぼりと肩を落とす男を見ていられなくて、彼の好きなダージリンティーを淹れて出した。

湯気の立ち上るカップに口をつけた宮原がほっとした顔を見せる。

「ありがとう、尊人くん。……僕は気がはやりすぎてるのかな」

「喜んでくれる気持ちはめちゃくちゃ嬉しい。でも、俺も有働さんの言うとおりかなって。時期を考えて情報を出したほうがいいよ。子どもが生まれてきてテレビや週刊誌に追いかけられたくないし、大切にひっそり育てたい」

「それでもまあ、公表すればある程度バレるかとは思いますがね」

眼鏡を押し上げる有働も紅茶を飲む。そして深く息を吐き出した。

「ガチャガチャで引き当てた婚約者、ということ自体、オープンにするかどうか迷いますしね」

「やっぱり突飛だったかな」

「かなり」

「いままでにない案で最高によかったと思うんだけど」

「尊人くん？」

真面目なふたりには悪いが、吹き出してしまった。

「ごめん、隆一さん。あらためて考えたら可笑しくて。……そうだよね、俺とあなた、ガチャガチャで出会ったんだ」

「そうだよ。僕の一世一代の運試しだった。どんなひとが引いてくれても婚約者になってもらおうとは思ってたけど、尊人くんみたいな可愛い子が引いてくれるなんて最高にラッキーだよ」

「俺も。手が届かないとばかり思ってた隆一さんに出会えてしあわせだよ」

「おふたりとも、いい雰囲気にならないで現実を見てください」

こほんと咳払《せきばら》いする有働が、優雅な仕草でティーカップをソーサーに戻す。

「とりあえず、同居の件も入籍も妊娠公表もお預けです。隆一さんは映画に、尊人さんは身体を一番にしてください」

冷ややかに聞こえるが、自分たちのためを思ってくれていることは伝わる。

「有働さん、面倒をおかけしてすみません。俺のことは大丈夫ですから。かかりつけのお医者さんもすぐ近にあるし。隆一さんが映画撮影に専念できるようそばについていてあげてください」

「わかりました。くれぐれもお身体を冷やさないように。今度、水天宮《すいてんぐう》でお守りを買ってきます」

「はい」

日本橋《にほんばし》にある水天宮は安産祈願で有名だ。

「やさしい方ですね、有働さん」

「生まれてくるお子さんに罪はありませんので」

しれっとした顔のマネージャーは立ち上がり、「事務所に戻ります」と言う。

「今後のマスコミ対策について他の者とも話し合います。追ってお知らせするので、くれぐれも先走らないでくださいね」

「わかったよ」

「有働さんにお任せします」

ふたりで有働を玄関先まで見送り、顔を見合わせて微笑んだ。

「有働の奴、ああ見えてめちゃくちゃ面倒見がいいからね。腹帯《はらおび》も買ってきそうだ」

「だね」

「しかし結婚記者会見もおめでたの発表もお預けかぁ。なんだか肩透かしだな」

「俺はべつにいいよ。あなたと有働さんと、この子を守れれば」

お腹に手をやり、軽く撫でる。

男の子か、女の子か。

まだわからないけれど、どっちが生まれてきてくれても嬉しい。健康で丈夫な子でさえあれば。

リビングに戻り、もう一杯熱いお茶を淹れた。

静かな室内の中、テレビを点けた。賑やかな情報番組が放映されていた。近づくゴールデンウイークにぴったりなレジャースポットを次々に紹介している。テーマパークや動物園、郊外のキャンプ場。

「子どもが生まれたら、みんなでこういうところに行きたいな」

「うん。……俺ね、ちいさい頃、親と遊んだことがほとんどないんだ」

「え、どうして？」

ソファに並んで座り、宮原はテレビのボリュームを絞る。

「うちの親、仕事の鬼で。五歳下の弟と俺はいつもシッターさん任せだった。年に一度だけ海外旅行に連れていってもらったけど、向こうでも親は仕事してた。タブレットPCやスマートフォンを手放さずに、あちこちと連絡を取り合って……俺は弟の眞琴を可愛がった。眞琴にだけは寂しい思いをさせたくないから。スキー場では手を引いて教えたし、海ではふたりで真っ黒になるまで泳いだ。でも、親はお構いなしだった。自分たちの事業がうまくいくかどうかだけが心配だったんだ」

「尊人くん……」

「授業参観にも運動会にも、文化祭にも来てくれなくて。お弁当も家政婦さんの作ったもの。恵まれた暮らしだったけど、普通の愛情には欠けていたんだ」

「……そうだったのか」

膝の間で両手を組む宮原がうつむく。

「……寂しかったね」

「もう昔のことだけどね」

努めて明るく笑い、こころの重さを感じさせないようにした。宮原にはいつか打ち明けようと思っていたけれど、重荷にはしてほしくない。

「そんな隆一さんは？　どんな家庭に育ったの？」

「うちは……まあ、普通」

曖昧に笑う宮原は紅茶に口をつける。

あまり話したくない過去なのかもしれない。

だったら、いたずらに探るのはやめておこう。

目の前にいる宮原の存在そのものが大切だ。

「あなたがこんなにも愛情表現の豊かなひとになった過去がどんなものだったか、いまは訊かないでおくよ。クールビューティな隆一さんが、じつは毎日ハグとキスを欠かさないひとだって知ったら、世間の評価が大きく変わるかも」

「そのうえ結婚を公表したら、もっといろいろ役にも幅が出ると思うんだけどな。シチューのCMとか、家族旅行のCMとか」

「いつか、ね」

やさしくなだめると、そっと肩を抱き寄せられた。

「僕ときみとこの子で、温かい家庭を築こう。世界一しあわせな家庭を」

その声はやけに真剣だ。

きっと彼なりの意思表明なのだろう。

「うん」

光り輝くような笑顔で、尊人は頷いた。

# 5

月日はめまぐるしく進んでいった。

つわりが治まった頃、尊人の腹はややふっくらし、元の食欲を取り戻した。

かかりつけの病院が近かったのは僥倖《ぎょうこう》だ。なにかあったときにすぐに駆け込めるし、相談もできる。

出産もここでしょう、と宮原と決め、ふたりで挨拶に行った。男性医師は尊人のパートナーが宮原隆一だと知ると驚いていたが、「秘密にしますね」と約束してくれた。

十月十日《とつきとおか》。

十一月の夜明けに陣痛を覚えた尊人は就寝中の宮原を揺り起こした。

「もしかしたら、かも」

「すぐ車を出すよ」

以前はスポーツカー派だった宮原だったが、子どもが生まれるとわかって広々としたSUV車を購入していた。

車で五分もかからない病院に運び込まれて数時間、宮原立ち会いのもと、元気な男児が生まれた。

「びっくりするぐらい安産でしたね。泣き声も大きくて元気な赤ちゃんです」

男性医師が笑顔で言い、おくるみに包まれた赤子をそうっと手渡してくれる。

ふにゃふにゃ泣いていて、なんとも可愛い。赤ちゃんというより、仔猫みたいだ。

「なんて可愛いんだ……僕らの天使だね」

涙ぐむ宮原が尊人の手を取って「ありがとう、ほんとうにありがとう」と繰り返す。

「目元は僕に似てるかな。さくらんぼみたいなくちびるは尊人そっくりだ」

「ん……」

体力を使い果たしたものの、微笑んで頷く。この月日で宮原との距離はぐっと縮まり、「尊人」と愛情深く呼ばれるようになっていた。

十か月余り、大切に守ってきた宝石がこの世に誕生したのだ。

「志眞《しま》くんの誕生だね」

「うん」

男の子でも、女の子でも、「志眞」と名づけようと相談していた。

「志眞くん、パパだよ」

ぷっくりとしたほっぺをそっとつつく宮原の表情はやわらかい。

「尊人は、尊人かな？」

「だね。ママって呼ばれるのはちょっと気恥ずかしいし。どう呼びたいか、この子に任せる」

「とにかくいまは疲れただろう。ゆっくりやすんで。家の準備は僕がしておくから」

「ありがとう。お願いします」

麻酔が効いていてまだうとうとしている。三日ほど入院し、赤子と一緒に自宅に戻る予定だ。

「また迎えに来るよ。おやすみ、尊人」

「気をつけて帰ってね。おやすみ」

力の入らない手をふわふわと振って、尊人は深い眠りに引き込まれていった。


赤ちゃんのいる生活は賑やかで、あっという間に過ぎていく。

ちゅっちゅっとくちびるを鳴らす癖が可愛いなとふたりでメロメロになり、尊人が抱きかかえると、適温にしたミルク瓶《びん》を宮原が持ってきてくれる。

産後、すこしずつ体力を取り戻していった尊人の代わりに、宮原が献身的に支えてくれた。

映画のクランクアップが近い彼はどんなに忙しくても家に帰ってきて、尊人と志眞の寝顔を見つめたあと、家事をこなした。もちろん、彼ひとりではまかないきれないので、ハウスキーパーに部屋を掃除してもらい、料理も作り置きしてもらうようにした。

三か月、五か月、七か月、十か月。

過ぎ去る日々の中、宮原主演の映画は無事に公開され、大人気を博した。

有働とともに飛び回る宮原はさまざまなテレビ番組に出演し、大入御礼の映画宣伝に精を出していた。

テレビで観る彼は相変わらずすっきりとした男前で、まさかパートナーと子どもがいるなんてみじんも感じさせない。

「パパがテレビに出てるよー、志眞」

「ぱっぱ。ぱ、ぱ」

最近摑まり立ちを始めた志眞はテレビの前にとことこ歩み寄って、ぺたぺたと画面を触る。

「こら、そんなに近くで見ると目を悪くしちゃうぞ。俺の膝に座っておいで」

こたつから立ち上がって志眞を抱き寄せ、膝に抱える。

「ぱー、ぱ」

「そうだねえ、パパが出てるねえ」

昼の情報番組で話す宮原に、胸が温かくなる。

スーツをまとった宮原は完成された大人の男で、今回の映画の役柄上、いささかとっつきにくい雰囲気を醸《かも》しているが、家に帰ってくると毎日大騒ぎだ。

『尊人、王子様、パパが帰ってきたよ』

志眞が起きている時間帯なら一緒に風呂に入り、寝付くまで遊び、お布団をとんとんしてやるよきパパだ。

最近、話題に上るのは尊人の進退だ。妊娠を機に一年休学したが、来年の春には大学を卒業することになる。

思いがけずも妊娠したのでろくな就活ができず、いまもって宮原宅に同居している。

ただ、ひとつ大きな出来事があった。

志眞の誕生とともに、極秘裏に入籍したのだ。有働たちが懸命に働いてくれていることでマスコミにはまだ嗅ぎつけられていないが、「きみをシングルファーザーにするのは嫌だよ」といつになく強く言ってきた宮原に負けた。

確かに、宮原の言葉にも一理あると思ったのだ。

志眞にはどんな寂しさも感じさせたくない。幼稚園に上がる頃にはさすがに宮原も公表したいと切実に言っているが、さてどうなるか。

生まれた直後は腕からこぼれ落ちてしまいそうだった志貴も、摑まり立ちを始めたあたりからますます目が離せなくなった。

天然素材でできた車のおもちゃで遊ぶのも好きだし、ぬいぐるみとお話しするのも好きだ。宮原が仕事している間は近くの公園にふたりで出かけ、ブランコに乗ったり、すべり台で遊んだりした。顔見知りのママ友も数人できて、互いの子どもの成長について話すこともあった。ただし、尊人の場合はパートナーが宮原隆一なので、お茶に誘われてもうまくかわすようにしていた。妙なところからプライベートがバレる可能性があるからだ。

育児はのびのびと、そして大人は慎重に。

カレンダーをめくるたび、花がほころぶような笑顔を見せる志貴の写真はふたりのスマートフォンにどっさり溜まっていった。

月日が経つのは早いもので、今日は志貴の二歳の誕生日だ。

二十三歳になった尊人は日々、育児に専念していた。大学は無事に卒業し、そのまま、家庭に入った。一度ぐらいサラリーマン生活を体験してみたかったが、いまの自分には宮原と志貴がいる。

それに、専業主夫だって立派な仕事だ。7LDKある宮原宅をひとりで掃除するには限界があるので、いまも一週間に一度はハウスクリーニングの清掃員にお願いし、志眞が0歳児のときから世話になっているシッターに料理の作り置きをしてもらうこともある。

「ぱぱ、まだ？　まだ？」

「んー、もうすぐだよ。さっき電話があったからあと三十分後ぐらいには帰ってくるんじゃないかな」

「さんじゅ、っぷん」

パウダーブルーのサロペットにオフホワイトの長袖パーカをもこもこ着込んだ志眞は、夕飯の支度でキッチンに立つ尊人のそばにじっと立ち、壁にかかる丸時計を見上げている。

二歳児にしては、志眞は言葉数が多かった。知能指数が高いアルファの血を引いているせいだろう。

「あの長い針が6のところを差したら、パパも帰ってくるよ。志眞、ここは寒いからこたつに入ってなよ」

「やだ、みこのとこ、いる」

志眞は尊人のことを「みこ」と呼ぶようになった。日がな一日、宮原が「尊人、尊人」と言っているのを聞いて育ったせいだろう。

最近、言葉数がますます増えてきて、たまに舌っ足らずになるのがなんとも可愛い。

「今日は志眞のお誕生会だよ。楽しみにしててね」

「おたんじょうび、かい？　しまの？」

「志眞の大好きなニンジンさんやジャガイモさん、鶏肉さんがたくさん入ったシチューを食べて、ケーキも食べちゃうぞ」

「けーき！」

「うん、パパが買って帰ってきてくれる。他にもプレゼントがあるよ」

「なに？　なに？」

途端にきゃっきゃっとはしゃぐ志眞が足にまとわりついてくる。包丁を使う場面はもう終わったから、急いで具材を鍋に入れて煮込むことにした。弱火でことこと二十分も煮込めば、美味しいホワイトシチューのできあがりだ。

その間、室内の飾り付けをすることにした。前もってネットで買っておいた色とりどりのバルーンを壁に飾り、折り紙で作った花も一緒に添える。

昼間、志眞を連れて買い物に出かけた際、可愛らしいピンクのダリアも買ってきていたので、花瓶に挿し、テーブルに置く。

ひと段落したところで、志眞がお気に入りの絵本を持っててとてとと駆け寄ってくる。

「えほん、よんで。くまのほん」

「志眞ったらその本大好きだねえ。パパが買ってきてから毎日読んでるよね」

「だって、くまちゃんかわいい」

「俺は志眞のほうが可愛いけどね」

「くまちゃんのほうが、かわいいよ？」

「そんな志眞がずっとずっと可愛い」

　ぎゅっと抱き締めてはしゃぐ志眞を膝に乗せ、椅子に腰掛ける。それから、お気に入りの絵本をゆっくり読んでやった。

　志眞が生まれて以来、宮原はほぼ毎日なにかしらお土産を買って帰ってきた。ちいさなときはおしゃぶりやガラガラ。片言で喋るようになってからは、やさしい色使いの絵本やクレヨン、お絵かき帳にぬいぐるみ。志眞の子ども部屋は宝物でいっぱいだ。

　ぬいぐるみの中でも、とりわけくまをこよなく愛している志眞は、眠るときもテディベアを抱いている。お散歩に行くときも、くまの顔がついたポシェットやリュックをかならず背負っていく。

「……くまちゃんはニンジンとジャガイモをおみせで買って帰り、おかあさんにシチューを作ってもらいました。それはそれはもう、とびっきりおいしいシチューです」

「わあ……」

ちいさなくまの子とお母さんぐま、お父さんぐまがテーブルを囲む挿絵は、志眞がもっとも好きな一枚だ。

いつもこのページにじっくり見入り、「かわいい……」と呟いている。

「このシチューと同じぐらい、美味しいシチューを作ったよ、志眞のために」

「ほんと？」

「うん、俺がこころを込めた愛情シチュー。あ、隆一さんだ」

部屋のチャイムが鳴ったかと思ったら慌ただしく扉の開く気配がする。

廊下を走ってくるのも、宮原の癖だ。

「ただいま、尊人、王子様！」

「ぱぱ！」

志眞がぴょんと膝から飛び降りて、タタッと宮原のもとへと駆けていく。すかさず抱き上げた宮原がすりすりと愛おしそうに頬擦りし、ちゅっちゅっとぷくぷくのほっぺにキスを贈る。

「おかえり、隆一さん」

「ただいま、尊人」

尊人のくちびるの弾力を楽しむ宮原に照れながらも背伸びをし、「外、結構寒いよね」と言って彼からコートを預かる。行きも帰りも、有働が車で送ってくれるのだが、十一月の夜は意外と冷え込むものだ。

「シチューのいい匂いがする。今夜はごちそうかな？」

「だよ。志眞のお誕生日だしね」

「ふっふっふ、今日のために志眞に素敵なプレゼントを買ってきたよ」

「なに？　なに？」

「ごはん食べたら見せてあげるね。待ってて、着替えてくる」

来春から新しいドラマの主演が決まっている宮原は最近とても忙しい。演技のこととなると真剣になる宮原だから、たまに自室に籠もる時間がある。そんなときは尊人が志眞の相手をし、静かに人形遊びをしたり、外で遊んだりするようにしていた。

この二年の間で、宮原隆一の名は不動のものとなっていた。

人気の大学教授ミステリー映画も抜群の興行成績を叩き出し、早くもファンの間からは「次回作を」との声が上がっている。制作陣も同じ気持ちのようだ。

『宮原さんは来年こそ、ジャパンシネマ主演賞を獲りますよ』

有働もそんなことを言っていた。

飛ぶ鳥を落とす勢い、とはまさしくこのことだろう。

三十代を目前に控え、宮原はますます脂《あぶら》が乗っている。

『きっと、あなたと志眞くんのおかげでしょうね』

有働はそうも言っていたが、まだ三人のことを世間に公表するつもりはないらしい。芸能人の好感度一位を文句なしにもぎ取った宮原に、家庭があることをファンには知られたくないのだろう。

いっときはそれが不安でもあったが、ルームウェア姿で志眞とはしゃいでいる宮原を見ていると、あえて明らかにしなくてもいいかという気持ちになる。

しあわせの尺度を外に求めるとろくなことがない気がする。いまこうして三人でいて満たされているならば、それで充分ではないだろうか。

もし、宮原に尊人と志眞という家族がいると世間に知られたら、それはそれで違う展開を呼ぶかもしれない。

理想の若きパパとして新しい仕事も舞い込むかもしれない。しかし、一度公表されたら終始パパラッチに追われることは必至だ。

自分はともかく、志眞の顔は表に出したくない。マスコミもモザイクをかけることぐらいはするだろうが、バレるときはバレるものだ。

志眞がいずれ幼稚園や小学校に通うとき、宮原隆一の『子ども』として名前も顔も皆に知られているとなったら、やりづらい面もあるだろう。子どもがサングラスをかけて学校に通うわけにもいかないし。

だから、時が来るのを待とう。

宮原も有働も悪いようにはしないはずだ。

「ぱぱー、みこ。しま、おなかすいた」

「そうだね、そろそろ食べようか」

「シチューあっためるね」

いそいそとキッチンに立ち、鍋の火を点ける。志眞が大好きなミニトマトとチーズをたくさん交ぜ込んだグリーンサラダに丸パン、メインは熱々のクリームシチューだ。デザートは宮原が知り合いのパティシエの店で買ってきたストロベリーケーキを出す予定だ。

三人で食卓を囲み、わいわいと賑やかにシチューを食べ終え、腹八分となったところで宮原がケーキと取り皿を運んできた。一番ちいさなホールケーキだが、ちゃんと苺と生クリーム、メレンゲでできたくまがトッピングされているうえに、「しまくん　おめでとう」とチョコレートクリームで描かれたプレートが載っている。

ミニサイズのろうそくを二本挿してライターで火を点けると、チャイルドチェアに座った志眞が「わあ……！」と目を輝かせて身を乗り出す。

「志眞、ふーって消してごらん」

「ふ、ふー？」

「うん、二本のろうそくをふーって消すんだよ」

宮原と尊人がそれぞれ言うと、テーブルに両手をついた志眞が真剣な顔をする。

「……ふー！」

ゆらりとちいさな炎がふっと揺れて消えた瞬間、宮原とそろって拍手した。

「お誕生日おめでとう、志眞」

「おめでとう。たくさん楽しいことをしようね」

「うん！　けーきたべたい。いちごと、くまちゃん、たべるの？　くまちゃん、たべて、いいの？」

「これはお砂糖でできてるから大丈夫だよ」

「じゃあ、たべる！」

元気いっぱいな二歳児に宮原とそろって微笑んだ。

切り分けてやったケーキをぱくつく志眞のほっぺについたクリームをティッシュで拭き取る宮原の横顔がやさしい。

「子どもはあっという間に大きくなるんだね……この間まできみの腕の中で泣いていたのに」

「ね。明日には中学生になってそう」

「じゃ、あさってには大学生になってるかな？」

くすくす笑い合いながら、食欲旺盛な志眞を見守った。通った鼻筋につんと上向いたくちびるが可愛いし、丸みのある顎もこの年頃にしか見られないものだ。

スマートフォンで何枚も写真を撮り、最後には三人でピースサインを作ってフレームに収まった。

デジタルで撮影した家族写真は、一定数溜まると自宅のプリンターで出力し、アルバム帳に貼っている。

いまどき、アナログなやり方かなと思うが、やっぱり手元に形として残しておきたい。その証拠に、リビングのサイドボードにも、宮原の私室にも、家族写真がずらりと並んでいる。

「それでは、とっておきの時間だよ。よい子の志眞に、パパと尊人くんからプレゼントだ。志眞、お部屋に行ってごらん」

「なに、あるの?」

興味津々な志眞を椅子から下ろしてやると、一目散に子ども部屋へと駆けていく。

宮原と尊人のベッドルームの向かいの部屋を、最近、志眞にあてがった。志眞がお気に入りのテディベアとお話ししながら寝たいと言いだしたためだ。尊人としてはもうすこし三人で寝たかったが、志眞の意思も尊重してやりたい。

独立心が旺盛なのも、アルファである宮原の血を引いているせいだろう。

いまはベッドとちいさな机と椅子、本棚ぐらいだが、大きくなっていくにつれ、さまざまな物で埋められていくのだ。

「おっきい！　くまちゃん！」

遠くから志眞の歓声が聞こえてきた。

「大きいくまちゃん？」

首を傾《かし》げると、宮原がいたずらっぽい目をする。

「きみも見に行く？　帰ってきてすぐに仕掛けておいたんだ」

「見る見る」

並んで子ども部屋に向かい、あっと声を上げた。

志眞の身長と同じサイズの大きなくまのぬいぐるみが部屋の真ん中に置かれている。

「おっきいー、ふわふわあ！」

ばふっとぬいぐるみに抱きつく志眞は満面の笑みを浮かべている。

「志眞、よかったね。新しいお友だちだ」

「名前はなんにするんだい？」

「んー……んー……」

父親譲りのさらさらした黒髪を撫でると、志眞は子どもながらに真剣な表情だ。

「……わんちゃん？」

こぼれ出た呟きに、宮原とふたりでふはっと吹き出した。

それは犬のことだよ、と言いたいけれど、幼子の発想を大事にしてあげたい。

「いいね。この子はわんちゃんだ。一緒に眠る子はくーちゃんだよね」

「そう、くーちゃん。わんちゃんは、くーちゃんの、おにいちゃん」

「兄弟か。いいね。そのうち、お父さんとお母さんもそろえてあげる」

約束する宮原に、志眞はぱあっと顔を輝かせる。

「ほんと？　くーちゃんとわんちゃん、かぞくできる？」

「できるできる」

「うちはくまさん天国だ」

はしゃぐ志眞を抱き上げ、自然と頬擦りする。

宮原もそうなのだが、尊人もしょっちゅう頬擦りしてしまう。幼児のもちもちほっぺの魅力には抗いがたいのだ。

スキンシップが大好きな志眞はぷくぷくした腕を尊人の首に巻き付けてきて、全身でしがみついてくる。丸い後頭部をやさしく撫でれば、ふああと可愛らしいあくびが漏れた。

「もうおねむかな？」

「んー……」

「たくさんはしゃいだもんね。よし、パパとお風呂に入ろう」

「うん」

宮原に志眞を渡し、「お願いするね」と言って尊人はパーティを終えたリビングに戻って食器を片付けてしまうことにした。部屋の飾りは明日まで残しておこう。

来月はクリスマスがやってくる。一歳のときも結構大がかりなパーティにしたのだが、志眞はまだまだ喋れなかった。たくさんお喋りできるようになった今年は特別なものにしてあげたい。サンタクロースにお手紙を書いてもらおう。宮原が張りきってサンタ役を務めてくれるに違いない。俳優の宮原のことだから、ツテを辿れば本格的なサンタ衣装を手に入れてきそうだが、まったく知らない男が家に現れたらさしもの志眞も大泣きしてしまうはずだ。

志眞はすくすく育っている。尊人に似ていて物怖《ものお》じせず、宮原の愛情をたっぷり受けて素直でまっすぐな子だ。

オメガでよかったなと最近しみじみ思う。発情期という枷《かせ》が重く感じる時期もあったけれど、男でもオメガだったから可愛い志眞を授かれたのだ。

もともと宮原は愛情豊かな男だったけれど、志眞が生まれてからはさらにパワーアップした。

『この子の父親として恥じない役者になるよ』

毎日、志眞の寝顔に見入りながらそう言っている宮原は、ほんとうにいいパパだ。

食器を洗い終え、メインのバスルームに様子を見に行くと、ちょうど志眞と宮原が上がってきたところだ。

棚から新しいバスタオルを取り出して、「志眞、おいで」と言うと、バンザイした志眞が飛びついてくる。

仔犬にしてやるみたいにわしゃわしゃと全身を拭いてやり、風邪を引かないようすぐにオーガニックコットンのパジャマを着せてやる。

子ども用の椅子に座らせ、タブレットで大好きなくまのアニメを観ている志眞の髪をドライヤーで乾かせばオーケーだ。

「さあ志眞、今夜はどの絵本を読む？」

「んー、くまちゃんとぞうさん、れすとらんいくほん」

「わかった。尊人、志眞を寝かしつけてくるから、きみもゆっくりお風呂に入っておいで」

「ありがとう、そうする」

宮原だってリラックスして風呂に浸かりたいだろうに、率先して志眞を洗ってくれる。一日家にいて志眞の相手をしている尊人とは違い、外に出ている時間が長い宮原としては、バスタイムは志眞との大切なスキンシップの時間なのだ。

手を繋いで子ども部屋に向かうふたりを見送り、服を脱ぐ。洗いたてのフランネルのパジャマと下着はもう用意してある。

新湯《さらゆ》ではないので、バスオイルを使うことにした。今夜はラベンダーの香りを選び、数滴バスタブに垂らす。

終始志眞と過ごしているので、ひとりの時間は貴重だ。もちろん、志眞が邪魔だというわけではない。ただ、ひとりきりになる時間も大切だ。志眞と一緒に過ごしていると親としてしっかりしなくては、と思う面が強く出るので、気を張る時間が長い。

そのことを宮原もよくわかっているのだろう。週に一度は『カフェでも行っておいで』と送り出してくれ、志眞の相手をしてくれる。

それがどんなにありがたいことか。

独身の頃は当たり前のように、気ままに散歩したり、カフェに立ち寄ったりしていた。志眞がいるいまは、公園に行くにしても買い物に行くにしても、目が離せない。

「はぁ……」

気持ちいい、とひとり呟き、広いバスタブの中でぐうっと手足を伸ばす。

ラベンダーのやわらかな香りを胸いっぱいに吸い込み、濡れた手で髪をかき上げる。家事育児に奔走していると、美容院に行くタイミングもなかなかない。

来週あたり、もしも宮原に余裕があったら志眞を預けて、美容院に行こう。カットをし、久しぶりに丁寧にトリートメントもしてもらいたい。

手触りのいい髪はすくない取り柄のひとつだ。そう言うときまって宮原はぎゅっと抱き締めてきて「きみにはいいところしかないのに」と苦笑するのだ。

ガチャガチャで引き当てた男への愛情はこの二年で確かなものになった。宮原は毎日「大好きだよ」と言ってくれ、尊人も大きく頷くけれど、照れくささが勝って「愛してる」とはまだ言ったことがない。

うなじをゆっくりさすりながら、いつか——と思う。

ここを宮原に噛んでもらいたい。

アルファにうなじを噛んでもらったオメガは、そのとき初めて運命の番として誓約を果たすのだ。

急所ともいうべきうなじを噛まれたら、二度と他のひとには目を移せなくなる。フェロモンも、そのアルファにしか発さなくなる。

志眞がまだちいさくて手がかかるからか、宮原は尊人の負担となるようなことは仕掛けてこない。

そのことをありがたく思うものの、いまでは早く噛んでほしいとも思っている。

考えていたらうずうずしてきた。

近頃、宮原が忙しかったこともあって身体を重ねていない。志眞を産んでしばし発情期も訪れていなかったが、宮原の厚い胸板を思い出すと身体の奥が甘く疼く。

――ひょっとしたら、今夜あたり。

淡い予感に従って髪と身体を念入りに洗い、しっかり温まったところでバスルームを出た。

室内は静かだ。もう、志眞はすっかり眠りの国だろう。

宮原も眠っているかもしれない。そう考えたが、軽い飢えのような感覚は収まらなかった。

根元まで髪を乾かしてから子ども部屋をそっとのぞくと、わんちゃんと名づけられたくまのぬいぐるみはベッド脇に置かれ、志眞はいつものテディベアを抱いてすやすや寝ている。

片っぽだけはみ出した足にくすりと笑って布団をかけてやり、天使のような寝顔に見入った。

規則正しい寝息を聞いていると、こっちまで眠りそうだ。

子ども部屋をあとにし、ふたりのベッドルームの扉を開ければ、ナイトランプが点いている。

もともと別々の部屋で寝ていたが、志眞が生まれたのをきっかけに、一緒のベッドで眠るようになったのだ。

「……起きてる？」

「起きてるよ」

タブレットで動画を観ていたらしい宮原が羽毛布団をぱっと開いてくれた。

甘えるようにその脇にするりと身体をすべり込ませ、広い胸にすっぽりと納まる。

「いい香りがする。ラベンダーかな？」

「そう。俺の好きな香り」

「僕も好きだよ」

知っている。数ある香りの中で、宮原はとりわけラベンダーを好んでいるのだ。そうとわかっていて、この香りを身にまとってきた理由を、彼は気づいているだろうか。

「……隆一さん」

そろそろと身体の位置をずらすと、タブレットをベッドヘッドに置いた宮原が腰に手を回してくる。

「その気になった？」

「隆一さんは？　もう眠かったら……」

「毎日どれだけ僕がきみを欲しがってると思う？」

「……する？」

鼻先にちゅっとキスを落とされ、くすぐったさにちいさく笑った。

「したい」

短いサインはふたりだけに通じるものだ。

抱き合ったままくちびるを重ね、割り入ってくる舌に搦め捕られた。

ちゅくちゅくと舌先を食まれると、すぐに身体に火が点く。ディープキスも久しぶりだ。いつも挨拶みたいなキスを受けていて嬉しく思っていたけれど、舌の根元を探られる淫猥なくちづけは彼だけのものになったみたいでときめく。

「っん、ん……ふ……ぁ……っ」

「感じやすくなったね、尊人。ここはどう?」

パジャマの上から胸をかりかりと引っかかれ、「んっ……」と声を弾ませた。宮原に愛され尽くした乳首はいまや乳暈《にゅううん》からふっくらと盛り上がるようになった。

生地越しに乳首を揉まれるともどかしくて、もっと直接的な刺激が欲しくなる。

「りゅ、ういち、さん……っ」

「ふふ、可愛い声だ。もっとしてあげる」

パジャマをはだけながら覆い被さってきた宮原が、ちゅうっと乳首に吸い付いてくる。

ぱっと鮮やかに弾ける快感に声を殺すのが難しい。奥歯を嚙み締め、なんとか堪《こら》えた。

尖りの根元を甘嚙みされて、思わず腰をよじってしまう。志眞を産む前からそこへの愛撫に弱かったが、最近ではますます敏感になったみたいだ。

「こんなに真っ赤にして……いじらしいな。もっと嚙みたくなる」

「あぅ……っん……やぁ……」

ナイトランプは点いたままだ。

赤く腫れぼったく尖る乳首は、彼の目にどう映っているのだろう。いまも宮原を煽っているだろうか。恥ずかしいけれど、ずっと夢中でいてほしい。

片方の乳首を指先で強く、弱く揉み込まれ、もう片方の乳首は舌でちろちろと舐めしゃぶられる。

爪先からじわじわと快感が這い上がってきて耐えきれなくなる頃、パジャマのズボンを脱がされた。

下着越しでも、もう硬く盛り上がっていることが伝わっているだろう。いつも口淫してくる宮原だが、今夜はすこし違うらしい。

下着の上から肉竿の形をじっくりなぞり、ぶるっとはみ出させると亀頭を意地悪くねちねちと揉む。

先端の割れ目を指の腹ですりすりと擦られると、それだけで達してしまいそうだ。

「……きもち、いい……」

「きみの好きなところだ。割れ目がひくひくしてるよ」

「ん、ん、いわない、で……っ」

「そう言われるともっと言いたくなる。わかってる？　きみのここはとても敏感で、すこし弄っただけでいやらしく濡れるんだ。……ああもう、びしょびしょだね。気持ちいい証拠だ。オメガは蜜がたっぷりあふれるんだね。僕も大好きだよ。このぬるぬるしたものを舐めるのも……搦め捕られるのも」

「や、だ……えっちなこと、ばっか……いうの……や……」

「ほんとうのことだからしょうがないだろう？　きみは僕をだめにする天才だ」

「……もう！　そんなことばかり……」

一方的に愛撫されているのが悔しくて、おずおずと彼の下肢に手を伸ばす。宮原のそこはしっかり勃ち上がっていた。

もたもたとパジャマを剝ぎ、裸で抱き合う。

この瞬間が尊人はなにより大好きだ。熱い素肌を擦り付け合い、どちらからともなく肌がしっとりしていく。

違う人間同士が溶け合っていく。宮原の中に溶け込んでいく。そんな錯覚に襲われるのだ。

ひとつになりたい。

つくづくそう思う。指の先も爪先もぴったりとくっつけ合って――奥まで来てほしい。

彼の厚い胸から伝わる鼓動を感じて尊人もドキドキする。

「僕がきみを抱いていて興奮してるのがわかる？」

「……うん、俺もバレてるよね」

「ふたりそろってドキドキしてるんだ、気が合うな、じゃあ……今日はちょっと違うことをしようか」

「違うこと？」

目を丸くすると、くるりと身体を裏返された。背中から宮原がのしかかってきて、うなじにふうっと息を吹きかける。

ぞくりとするような快感は甘く、危うい。

嚙んで、と言えば、すぐに嚙んでくれるに違いない。そうしたら、名実ともに彼だけのオメガだ。だけど、まだ尊人や志眞の存在をオープンにしていない宮原の身を思うと、重荷にはなりたくないなと思う。

一度うなじを嚙まれたら自分はもう宮原しか見えなくなるが、彼は違う。

アルファの宮原にはまだ可能性がある。乱暴に言えば、もしもこの先尊人に飽きたらさっさと別れ、次のオメガを探すことができるのだ。

宮原がそんなに酷な人間だとは思わないが、勢いに任せてうなじを嚙んでもらってしまったら、必要以上に責任を感じるかもしれない。

だから、いまはなにも言わない。

いつか宮原がその気になるまで。

逞しい胸を背中に擦りつけられ、もじもじしてしまう。

「尊人くん、足を閉じてみて」

「……こう？」

「そうそう」

両腿をぴたりと合わせると、そこを指でくすぐってきた宮原が次いで剛直をぬぐりと割り込ませてきた。

「ア――……ッ！」

「いいところに当たってる？」

「あ、あ、ん、んっ、むず、がゆい……っうずうず、する……」

太竿は尊人の窄まりや陰嚢をくすぐり、きゅっと閉じた内腿の間を出たり挿ったりする。

「い、挿れない、の……」

「きみも僕も声を我慢できなくなっちゃうからね。今夜はこれで我慢。……ああ、でも気持ちいいな、きみの太腿がむっちり挟み込んでくる」

「や、も、えっち……！」

にゅぐにゅぐと出挿りする男の息遣いが荒い。

疑似セックスのようなものでも昂ぶってしまい、尊人は枕をぎゅっと握り締めた。

下肢がたまらなく熱い。

いつもなら中に感じる熱が、今夜は太腿の狭間に挟まっている。尊人の蜜を助けにしてすべりをよくし、ずっ、ずっ、と宮原が動きを大きくしてきた。

うなじにかかる髪をかき上げられ、何度もくちづけられる。いまにも噛まれそうな予感にはらはらするが、軽く舐められるだけに終わった。

その代わり、下肢への責めは強さを増す。

ぬるりと挿ってきて、ずるりと出ていく太竿を内腿で食い締め、張り出した亀頭でふくらんだ陰嚢をつつかれる悦《よ》さに声を掠れさせた。

すこし腰を浮かすようにうながされる。前に回った手に肉茎を握り締められて扱かれ、息を呑んだ。

うしろからやわらかに突き込まれる快感と、性器を弄ばれる悦楽がない交ぜになって、尊人を振り回す。

「や……ぁ……っあっ、あっ……だ、め、だめ……っ」

「イきそう?」

「ん、ん、も、イきたい……！」

「もうすこしだけ我慢して」

いつもならやさしくイかせてくれる宮原だが、今夜はすこしだけ意地悪だ。

やわらかに解けている窄まりにぐっと先端だけをめり込ませ、軽く尊人を揺さぶる。

くびれまで呑み込まされた尊人は頭の中が真っ白になるほどの絶頂を覚え、何度も何度も達してしまう。射精はしていないけれど、頭の中で火花がいくつも散る。

じゅぽっ、と引き抜かれ、ぬぐりと押し込まれるのがたまらない。肉竿全体を押し込んでほしいのだが、それはだめなようだ。

亀頭からくびれにかけてまで繰り返し押し込まれ、肉竿を擦られる。

出したい、もう出してしまいたい。

「ほんっと……だめ、……おねがい、隆一さん、も、……もう……！」

「ん、僕も」

呼吸のタイミングを合わせて腰を揺すぶり、彼の手の中でどっと弾けた尊人に次いで、背中にぱたぱたっと熱いしずくが飛び散る。

とろりとした残滓が背骨の溝から尻の狭間を辿っていく感触が卑猥だ。

こんな交わり方もあるのか。

息を乱した宮原がうなじに何度もキスをしてきて、くったりと横たわる尊人の身体にやさしく触れてくる。

「何度抱いてもめちゃくちゃにしたくなってしまうよ、ほんとうに……。感じた？」

「すごく……あんなの、初めて」

奥まで挿入はしなかったけれど、蜜がたっぷり詰まった陰嚢を意地悪くつつかれて、ついには弾けた。

とろとろとあふれる精液がシーツに染み込んでいく。

「尊人はシャワーを浴びておいで。その間、シーツを替えておくから」

手早く身繕いした男に抱き起こされ、「うん……」と力なく頷く。

本音を言えば、挿れてほしかった。

志眞がいるから声を出せないけれど、奥の奥まで穿ってほしかった。

「俺、自分で考えてるよりもずっとやらしい……」

「僕なんかもっとだよ。頭の中できみをどう組み敷いてるか、見せてやりたいぐらいだね。なんだったら寝る前に聞かせてあげようか？」

「い、いいい、いいい、……遠慮しとく」

くすくす笑う宮原に見送られ、バスルームへ向かう。

ざっと熱いシャワーを浴びて全身泡立てればつかの間の情事の痕跡は洗い流せるが、肌の下にまで染み込んだ宮原の温もりや指遣いはなかなか忘れられそうにない。

気のすむまでシャワーを浴び、外に出て着替えた。

子ども部屋をのぞくと、志眞はちんまりと丸くなって熟睡している。

そのことにほっと胸を撫で下ろし、顎下まで布団を掛けてやった。

「……この寝顔を見てると、ふたり目が欲しくなっちゃうね」

いつの間にか、宮原が背後に立っていた、もうシーツ交換は終わったのだろう。

「志眞も妹か弟ができたら喜ぶだろうね。尊人はどう思う？」

「そう、だね。そうかもしれない……志眞はやさしい子だから、妹か弟ができたら猫可愛がりしそう」

「お兄ちゃんな志眞も見たいよね。そのためには僕たちがもっと頑張らなくちゃ」

「今夜はもう閉店です」

冗談っぽく言って背伸びをし、彼の頰にキスをすると、楽しげな笑い声が返ってきた。

# 6

「隆一さんもほんとうに変わりましたねえ……」

有働がしみじみと言う。

「そうかな？　もともとこんなふうだけど」

「いえ、まったく別人ですよ。お子さんを膝に抱いてあやしている姿を見るなんて、二年前はまったく想像していませんでした」

仕事帰り、宮原を送るついでに部屋に立ち寄ってくれた有働にコーヒーを出した尊人もくすくす笑う。

大好きなパパにべったり甘えている志眞が、蕩けんばかりの笑顔を浮かべていた。

「うどうのおにいちゃん。こーひーは？」

「美味しくいただいております」

幼児相手にも几帳面な顔を崩さない有働がマグカップに口をつける。

「明日は久しぶりのオフですね。家でゆっくりされるんですか」

「いや、せっかくだから出かけようと思って。志眞と尊人くんと三人で千葉《ちば》のテーマパークに。志眞も乗れるアトラクションがあるからね」

「家族団らんについていろいろ言いたくはありませんが、くれぐれもご注意くださいね。しっかり変装していってください。宮原隆一はまだ表向き独身なんですから」

「わかってるよ。でも、どこかの善良な一般人に写真を撮られて身バレするっていうハプニングもいいかも」

「冗談をおっしゃらないでください。あなた主演のドラマが控えているんですよ。ここで好感度を左右するようなゴシップは……」

「有働、わかってるわかってる。きみたちがしっかりサポートしてくれてるから。この二年、僕らはひっそり家庭を築けたんだ。そんなに心配しなくても大丈夫だよ。明日もちゃんと変装していくし、目立つようなことはしない」

「だったらよいのですが……」

有働の眉間の皺《しわ》は深く刻まれたままだ。「ナイト・エンターテインメント」の稼ぎ頭である宮原のイメージ操作をあれこれと考えているのだろう。

順を追って、「熱愛発覚」「恋人と入籍」「無事に第一子を授かる」という流れで情報を出していきたいのだろうが、現実は目を瞠るほどのスピードで進んでいた。

なにせ、最初が最初だ。

いまもって、宮原の婚約者となる権利をチャリティガチャに突っ込んだ彼のこころに巣くう不安定さに思いを馳《は》せることがある。

多くのひとびとに愛される宮原が、生涯の伴侶をガチャガチャ頼みにした。

どんな相手が引き当てるのかまるでわからないのに、そんな大博打をどうして打とうとしたのだろう。

人気商売――水物の仕事だから、確固たる愛情が欲しかったのかもしれない。

ひとびとの愛は移ろいやすいものだ。

――いつか熱は冷めるものだよ。

かつて、宮原自身もそう言っていた。

いまは頂点に立つ宮原でも、ライバルは大勢いる。経験を積んだベテラン俳優も、これから世に出てくる新人俳優だって強敵だ。

いつまで主演を張れるのか。そんな不安に駆られて眠れない夜もあるだろう。

ひとびとの記憶から薄れることが怖いのかもしれない。

庶民の尊人にはなかなかわからない感覚だが、より多くのひとに愛されたいという動機はどこから来るものだろう。

「明日は気をつけて楽しんできてください」と言って帰っていった有働を見送り、志眞と一緒に風呂に入って早めに寝かしつけたあと、リビングで古い映画を観ている宮原の隣に腰掛けた。

「ずいぶん古い洋画観てるんだね」

「もう三十年も前の作品かな。でも、いま観ても新しい発見があるし、すこしも古びていない。時が経っても色褪《いろあ》せない作品に僕も挑戦したいよ」

「充分頑張ってるじゃん、隆一さんは。春からのドラマだって主演なんだし。視聴率、絶対にいいよ」

「そうかな……」

つねに朗らかな彼にしてはめずらしく物憂《ものう》い表情だ。

グラスに三分の一ほど残っているワインを啜り、視線はテレビに釘付けだ。

尊人もネットのサブスクリプションで観たことのあるアメリカのサイコサスペンス映画だ。凶悪な連続殺人犯が檻《おり》に入れられたものの、その知能の高さに刑事たちが知恵を授かりに行く。未解決連続殺人事件の犯人を追うべく、刑事は檻越しに囚人と言葉を交わしていく。奇妙な信頼関係が築かれていくものの、やはり殺人犯は殺人犯だ。常人とは物の考え方が違う。

彼の中に潜む獣性を恐れながらも、州をまたいで起きている殺人事件を追い続け、ついには捕らえるのだが、囚人は一瞬の隙を突いて逃げ出してしまう。

見事殺人犯を捕らえたことで表彰される刑事のもとへ、遠い南の国から電話が入る。それは、あの囚人からだ。再び世に解き放たれた獣からの電話に戦慄《せんりつ》する衝撃のラストを、尊人もよく覚えていた。

「こういう役に当たりたいな……」

「刑事のほう？　囚人のほう？」

「囚人のほう。やり甲斐があるよ」

「隆一さんが囚人役……イメージががらっと変わりそうだね。あなたの当たり役はクールな大学教授とか、凄腕のエリート刑事とかじゃない？」

「だからこそだよ、切れ者の人物が事件を解決に導いていく――その役に文句はない。ただ、続けて似たようなオファーがあると、自分の中の抽斗がすくなくなっていくんだ。顔が作れなくなる。似たような表情ばかりになってしまう。いつか、どこかでブレイクスルーしたいと思ってるんだけど……いまのところ、僕は『抱かれたい男ナンバーワン』トップだからね。大きなイメージ変更は難しいんだ」

自嘲《じちょう》気味に宮原が笑う。

彼の言わんとしていることは。尊人にもなんとなくわかった。

スタイリッシュでクールなイメージで売れている宮原だが、それが定着しすぎて古い殻《から》を破れないのかと案じているのだろう。

「……隆一さん、どうして役者になったの？　なんかきっかけがあったの？」

「話したことがなかったね。僕はね……天涯孤独の身なんだ。乳児の頃に遺棄されて、高校まで児童施設で育ったんだ」

その声は淡々としていた。あえて、感情を交えないといったふうの声音に、逆に引き込まれる。

「そう、だったんだ……」

「僕の両親がどんなひとなのか、まったく手がかりがない。秋の夜中、施設の前にベビーカーごと置かれていたと物心ついた頃に施設の先生に教えてもらったんだ。どこの誰が僕を産んで、捨てようとしたのか。いまでもそのことを思うとたまに眠れなくなる。でも、そんな夜もだいぶ減ったかな。きみと志眞のおかげで」

やさしい笑顔の裏にそんな真実が隠されていたとは。

「きみに出会うまで、ずっと寂しかった。幼い頃の僕は感情表現が下手でね、友だちもすくなかった。テレビの中でさまざまな顔を見せてくれるアイドルや役者たちに憧れたのも、そんな理由からなんだ。僕自身が上手に仮面をつけることができれば、いまよりもっとたくさんのひとに愛してもらえるかもしれない。もしかしたら、両親が名乗り出てくれるかもしれない……そう思って、芸能界入りを決めたんだ」

「……ご両親から連絡とか、あった？」

「いいや、一度もない。施設の先生の話だと、たぶん僕は生活が立ちゆかなくなったシングルファーザーかマザーのどちらかに遺棄されたんだろうって。テレビやスクリーンにどれだけ映ったとしても、罪悪感から名乗り出るケースはまず考えられないだろうとも言われた。僕自身、志眞を授かってからそう思うようになった。万が一にでもきみと志眞を手放すことになったら、遠いどこかに身を隠してしまいたい。一生、表に出ることはないってね」

「隆一さん……」

思わずぎゅっと抱きついた。

いきなりの抱擁に、宮原が驚いている気配が伝わってくる。

「尊人……」

「俺にすべて預けて。大丈夫、あなたのことは俺と志眞が守っていくよ。この先、一時たりとも不安にさせない。寂しがる暇なんて作らない。俺——俺」

熱い塊が喉元にぐうっとこみ上げてくる。

胸に芽生えていた想いが真っ赤に熟したのだ。

ガチャガチャをとおして出会ったのはほんのきっかけに過ぎない。そのあとのことは、必然的に起きたのだ。

運命の番だといまなら言える。

惹かれ合う魂がここにふたつ。

遠い憧れの存在だとばかり思っていた男を両手で抱き締め、黒髪に頬を擦りつける。

「俺、――あなたを愛してる。大好きだよ」

「尊人」

目を丸くしている男と視線を合わせると恥ずかしさがじわじわと募ってくるが、前言撤回なんかしない。

「宮原隆一さん、俺はあなたを愛してる」

もう一度はっきり言った。

宮原が強く抱き締め返してくる。

「僕の台詞だよ、尊人。最初に出会ったときからずっと好きだった。きみの迷いのなさや強さ、裏表のなさに、僕がどれだけ救われていたか知ってるかい？　長所しかないきみに僕がどれだけしあわせを感じたか……。志眞を授かったら、その想いはもっと強さを増したよ。僕だってきみたちを守っていく。どんなことをしてでも」

「お互い、背中を預け合おうよ。よくアクション映画にあるでしょ。敵に囲まれても、背中を預け合って銃を構えて窮地を切り開いていくコンビ。ああいうのに俺たちもなろうよ」

宮原の表情がふっとやわらぎ、泣きそうな笑顔になる。

そして、尊人の胸にぐっと額を押し付けてきた。

「いま、僕がどれだけしあわせか、ぴったりの台詞があったらいいのに」

「大丈夫、充分伝わってる。あなたが俺を抱き締めてくれる強さでわかるよ」

大きな身体をさすり、慰撫する。

愛してる——愛してる。

ふくらんだ想いはいまにも弾けそうだ。うなじを噛んでほしい衝動をなんとか堪え、宮原の額にそっとキスした。

それから、明るく笑いかけた。

「明日は一日めいっぱい遊ぼう。俺と志眞と、あなたの三人で」

「……うん」

宮原が大きく頷いた。

翌日は朝から綺麗に晴れ上がった。

宮原の運転する車で千葉の浦安《うらやす》まで向かい、開園したてのテーマパークへと三人で入る。志眞は背の高い宮原に肩車をしてもらい、大はしゃぎだ。

「ぱぱ、あれ、なに？　あのたかいの、なに？」

「あれはお姫様と王子様が住んでいるお城だよ。あとで見に行こう」

「うん！　みこ、ふうせん、ほしい」

「もう買っちゃう？　いまから乗り物に乗るから、そのあとでね」

「わかた。あのきいろのふうせん！　なに、のるの」

「観覧車だよ。あそこに見える大きな丸いやつ」

尊人が指さす方向に、ゆっくり回る観覧車が見える。

十二月最初の日曜日、テーマパークは大勢のひとで賑わっていた。親子連れ、恋人同士、友だち同士。のんびりとひとり散策しているひともいる。ここはショーも有名だから、カメラを提げているひともたくさんいた。

ワゴンのポップコーンを食べたがる志眞に負けて、キャラメル味を購入し、バケツを首から提《さ》げる。

「あーんして」

「あーん」

雛鳥《ひなどり》みたいに素直に口を開ける志眞にポップコーンを入れてやり、次いで口を開けて待っている宮原にも笑いながら放り込んでやった。

「うん、美味しい。キャラメル味って癖になるよね」

「だね。カロリー高いけどやめられない」

他愛ないことを言いながら観覧車の列に並び、十五分ほどするとゴンドラが目の前にやってきた。スタッフの指示に従ってゴンドラに乗り込むと、志眞が真っ先にベンチに腰掛け、窓のほうを向く。宮原はその隣に座り、志眞の背中を支えていた。

「ほら志眞、くっく脱いで」

「んー、ぱぱ、ぬがして」

「はいはい」

マジックテープ式の靴を脱がしてやると、オフホワイトのもこもこパーカにサロペット、可愛いピンクの靴下を履いた志眞はふんふんと鼻を鳴らして窓に取り付けられたバーをもみじみたいなちいさな手でしっかり握る。

男児だが、愛らしい顔立ちにはパステルカラーがよく似合うのだ。男の子というと赤、青、黄色と主張の激しい服が多いけれど、尊人と宮原はありとあらゆる子ども服を探し、いまは三つの

ブランドの服をよく買っている。

素材もやさしい天然繊維で、カラーもやわらかい。今日の志眞が羽織っているもこもこのフリースパーカにはうさぎの耳がついていた。フードをかぶせるとちいさなうさぎの誕生だ。

我が子が窓の外の景色にはしゃぎ、その横顔を見守る宮原の姿に和み、スマートフォンで何枚も写真を撮った。これもまた、あとでプリントアウトしておこう。

「たかーい！　みこ、ぱぱ。たかいねえ」

「そうだね。志眞、怖くない？」

「こわくなーい」

高所恐怖症とは無縁らしい志眞にほっとし、尊人も窓の外を見下ろす。ゴンドラはだんだんと頂点を目指して上っていく。

周辺は高い建物がないだけに、爽快だ。王子様とお姫様が住む城や、ゴーストたちが集うおどろおどろしいマンション、ジェットコースターに、園内をぐるりとめぐることができる船が見える。

「しま、このごんどら、ずっとのりたい」

「お、ゴンドラのスタッフさんになりたいのかな？　ふふ、楽しそうな仕事だ」

「いつもにこにこしている志眞にぴったりかもね」

話し合っているうちにゴンドラは地上に着き、「たのしー！」と声を上げる志眞と一緒に降りた。

「次はなんにする？　ショーまではすこし時間があるみたいだから、なにか乗ろうか。それとも、早めにどこかでお昼でも食べようか」

腕時計を確かめると十一時を過ぎたところだ。正午になればどのレストランも大混雑しそうだから、ひと足先にランチを食べることにした。

チャイニーズ、和食、フレンチ、イタリアン。どこにしようかと悩んで、志眞が好きなシュウマイが出てくるチャイニーズレストランに入った。

テーマパークの人気キャラクターの顔の形をしたチャーハンに、熱々のシュウマイ。とろみのある中華風コーンスープも美味しい。

食後のお茶を飲みながらテーブルにマップを広げ、次の目的地を探す。志眞はキャラクター付きのプラスティックマグカップでホットミルクをふうふうしながら飲んでいる。

「蒸気船も楽しそうだね。でも、さっき観覧車でゆっくりしたから、次はゴーストマンションかな？」

「志眞でも乗れる？」

「ぎりぎり大丈夫みたいだよ。ワゴンに乗って進んでいくタイプの楽しいお化け屋敷だ。志眞もきっと喜ぶ」

「じゃ、それにしよっか」

楽しく話し合っているときだった。隣席の女性たちがひそひそ話し込んでいる声が聞こえてきた。

「ね、ね、あれ、宮原隆一じゃない？」

「えー、うそぉ。だってちいさい子と一緒だよ？　隣にいるのも男性だし……」

「もしかして……恋人？」

「え、じゃあまさか隠し子とか？」

「宮原隆一って独身だよね……？」

サングラスにキャップ姿の宮原がうつむく。どんなに変装していても、人気俳優のオーラは隠せないようだ。

ここで正体がバレたらおおごとだ。

そそくさと席を立って会計し、店を出た。

不思議がる幼子を抱えて足早にパーク内を歩き、ひと混みに紛れてしまうことにした。

ゴーストマンションなら暗がりが多いし、さほど目立つこともないだろう。

「ぱぱ……みこ」

「しー、志眞、あとでお話ししようね」

宮原に声を発させると身バレしそうだから、尊人はちいさな声で我が子をなだめた。

列が進み、薄暗い空間へと入っていく。三人乗りのゴンドラがやってきて乗り込み、動きだしたところで宮原が大きく息を吐き出す。

「……ごめん、僕のせいで気まずい思いをさせて」

「そんなの気にしないで。スマホを向けられてる気配はなかったし」

「でも、隠し撮りとかされていたら……」

その懸念はあった。あの女性たちがこっそりとスマートフォンで宮原と志眞たちを撮り、SNSにアップしていたら。

「……人気があるっていうのも結構大変だね」

いたわるように言うと、暗がりの中で宮原が頷く。

「気軽にこういうところにも来られない。レストランやカフェもお忍びの店がほとんどだよ。まあ、いま住んでるマンション近くのコンビニやスーパーじゃバレてるだろうけど、もともとあそこは芸能関係者が多いから、暗黙の了解で黙っていてくれるひとが多いんだよ」

「わかる。そうじゃなかったら、この二年間も志眞を隠しとおせなかったもん」

「これまでにも何度かきみや志眞の情報が表に出そうになったんだ。でも、そのたび有働たちがうまいこと動いてくれて火種をかき消してくれた。僕としてはもういつでも発表したっていいんだけど、来春の主演ドラマがあるからと有働が……きみにまで息苦しい思いをさせてすまない」

色とりどりのゴーストたちが音楽に乗ってふわふわと出現する。なにも知らない志眞は声を上げて喜んでいた。

志眞を真ん中にして座っていた尊人は手を伸ばし、宮原の手を掴む。

「大丈夫。あなたが思い詰めることじゃないよ。俺にだって責任があるんだから」

「尊人……」

「愛してるって言ったでしょ？」

言い含めると、ぼんやりした灯りの中で宮原がふっと笑う。

「そうだね。そうだった。僕もきみと志眞をこころから愛してる。守っていくよ」

「うん、約束」

ほんとうはキスしたいところだけれど、間には志眞がいる。尊人は宮原と笑みを交わし、しっかりと手を握り合った。

# 8

その冬はいつになく厳しい寒さが続いた。晴れた日でも冷え込み、曇天ともなれば東京でも粉雪がちらついた。

テーマパークの一件があってから、尊人はいままで以上に身辺に注意を払うようになった。

これまでは善意の中で暮らしてきたのだ。ひたすら、幸運が積み重なって志眞の存在が暴露されなかったのだ。

しかし、一歩世間に出れば事情は異なる。

宮原の顔は知れ渡っていて、その人気と実力は大勢のひとが認めるところだ。

しかし、光があれば闇もある。

クリーンなイメージで売っている宮原にスキャンダルがないかと芸能記者が目を光らせていると、最近も有働から聞かされたばかりだ。

毎日、尊人は志眞を連れて近くの公園に散歩に行く。

遊び盛りの子どもを室内に閉じ込めておくことはできない。寒い冬であってもちゃんと服を重ね、外の空気に触れさせたい。もともと志眞は公園が大好きで、そこで出会える子どもたちや散歩中の犬と触れ合えるのをこころから楽しみにしていた。

「みこ、おさんぽ、いく?」

「行くよ。外は寒いからマフラーを巻いていこうね」

「うん！　くまちゃんまふらー、してく」

「あれ、好きだよね志眞」

三人で一緒に行ったテーマパークで買ったくまのマフラーを志眞はこよなく愛し、毎日のように着けたがった。

子どもは体温が高い。外に出る瞬間は寒がったとしても、遊んでいる最中に暑がるだろう。体温調節がうまく行くように重ね着で調整するのもひと仕事だ。今日は通気性のいい素材のパーカにデニム、その上からダウンジャケットを羽織らせ、マフラーを巻いてやった。

春から開始するドラマのため、宮原は連日早朝から出かける。まだ眠っている尊人と志眞に行ってきますのキスをして出ていくパートナーは、夜も遅い。家にいる時間が短く、一緒に夕食を取れるのも週に一度か二度だ。

早く帰れそうな夜にはこころを込めた夕食を用意し、ゆっくりとバスタイムを楽しんでもらう。

宮原は志眞と風呂に入るのを楽しみにしている。

じゃれついてなかなか手がかかる二歳児と一緒のバスタイムは落ち着かないいんじゃないかと案じたが、全身もちもちした志眞を抱き締めていると張り詰めた神経もやわらぐのだそうだ。

「今日はパパ、早く帰れそうだってメモを残してくれてた。一緒にお風呂に入れるよ」

「ほんと！　しま、ぱぱとおふろ、すき。たおるで、あわ、ぶくぶくってつくってくれる」

公園に行く途中から大喜びする志眞に微笑み、抱き直す。

手を繋いで歩いてもいいのだが、いまはまだ志眞がちいさい。途中、車が行き来する場所も通るので、多少重くても抱いて歩いたほうが安全なのだ。

首に両手を巻き付けてくる志眞はくったりと身体の力を抜き、安心しきっている。

この温かい命を守れるのだったら、なんでもする。乳児だったときからもそう思っていたが、つたなく喋れるようになった近頃、ますますその想いは強くなった。

ひとりの人間として、志眞は日に日に成長していっているのだ。

宮原と尊人の血を継いで。

いつまで隠しとおせるかわからないが、志眞に悲しい想いはけっしてさせない。

志眞の世話をする日々の中、親としての芽生えを感じるようになっていた。

幼い頃は両親にあまり愛されてこなかったなと思っていたが、暖かい家で、三食食べられて、ぐっすり眠ることができていた。

構ってもらえなかった寂しさはあったけれど、志眞を授かってからというもの、基本的な生活を整えることがなにより大事なのだと実感する日々だ。

いまはもう、両親に対して思い悩むことはない。宮原と入籍したことも、志眞が生まれたこともとくに伝えていないけれど、いつか、時が訪れたら電話の一本ぐらいしよう。

『俺は元気でやってます』

素っ気ない言葉しか返ってこなかったとしても、自分の中で区切りをつけられればそれでいい。弟の眞琴にだって、志眞の写真を送ってやりたい。眞琴もオメガだから、兄の新しい門出に勇気づけられるかもしれない。

公園に着き、志眞を下ろしてやるとぱっとすべり台に向かって駆けだした。

澄みきった冬の晴れた日だ。

じっと立っているだけでは寒さが忍び上がってくるが、子どもは風の子だ。

いつも顔を合わせるママ友と挨拶し、他愛ない世間話で盛り上がる最中も、おのおの自分の子どもからは目を離さない。

すべり台が大好きな志眞は順番をじっと待ち、わくわくした顔でするりとすべってくる。それからまた順番を待ち、三回すべり台を楽しんだところで今度はブランコに向かう。

平日の昼過ぎ、公園はのんびりした雰囲気だ。もうすこしすると、学校帰りの小学生たちで賑わうが、いまは未就学児が無邪気に遊ぶ時間だ。

来年には、志眞も幼稚園に入れようか。宮原とも相談し合っているが、悩ましいところだ。まだ手元に置いておきたい気持ちと、同じ年頃の子どもと触れ合わせたい想いがせめぎ合っている。

尊人はいまは専業主夫だから、時間はたっぷりある。

志眞のめざましい成長を間近で見届けたい。もう一年ぐらいは自分の手で育てたいなと考えていると、「みこ！」と明るい声が聞こえてきた。

志眞がタタッと駆け寄ってきて膝に抱きつき、「おなか、すいたー」と見上げてくる。

ランチを食べてから出てきたのだが、ひとしきり遊んで小腹が空いたのだろう。

暖かい日だったらベンチに座ってクッキーをつまみたいが、あいにく今日は立っているだけでもしみじみと寒い。

「志眞、あったかい肉まん食べる？」

「たべたい！」

「じゃ、そこのコンビニに行こう」

両手を伸ばしてくる愛し子を抱き上げ、ママ友たちに頭を下げて公園を出る。道を挟んだ向かいにはコンビニがあって、イートインが可能だ。

あそこでしばしの暖を取ろう。尊人も厚着をしてきたが、我が子を見守っている間にすっかり身体が冷えてしまった。

「肉まんひとつに、ホットミルクお願いします」

店員が笑顔で肉まんを紙に包んでくれ、熱々のホットミルクが入った紙コップを渡してくれた。

公園が見える窓際のテーブルに志眞を座らせ、肉まんを半分に割って渡した。

「ふは、はふ、……あっ」

「火傷に気をつけてね」

いつも持参しているちいさな水筒を差し出した。中身は志眞の大好きなオレンジジュースだ。

「おいしいねえ」

「うん、美味しい。志眞と一緒に食べてるからだね」

本心からそう言うと、志眞は恥ずかしそうにえへへと笑う。ちいさな手で口元を隠す仕草がなんとも可愛い。

「ぱぱ、おかおみてない」

「来年の春から大きな仕事が始まるんだよ。いまはそのための準備をしてるんだ。でも、行ってきますとおやすみのキスをしてくれてるでしょ？　志眞は眠ってるから気づいてないかもしれないけど」

「んーん。ぱぱ、ほっぺにちゅっちゅって、してくれるよ」

「気づいてたんだ」

「ぱぱのちゅう、だいすき。あ、みこのちゅうも、すき！」

「ふふ、よかった」

肉まんとホットミルクで身体が温まった。かじかんだ手も血のめぐりがよくなっている。

もう一度公園に戻ることも考えたが、スマートフォンで天気予報を見ると今日はこのあと雨が降るらしい。

窓越しに外を見ると、さっきまでは晴れていた空も分厚い雲が差し掛かっている。

「志眞、帰ろうか。おうちで積み木遊びしようよ」

「うん」

志眞の口元をタオルハンカチで拭ったあと、よいしょと抱きかかえてコンビニを出る。いつもならスーパーに寄るのだが、昨日肉や野菜を買い溜めしておいたから、今夜はそれでまかなおう。

ビーフストロガノフでも作ろうか。冷蔵庫にある食材をあれこれ思い出しながらマンションに戻ると、エントランス前にジャンパーとジーンズ姿の男がふたり立っている。

見慣れない男たちに眉をひそめた。このあたりは防犯意識も高いのだ。

尊人と志眞の気配にぱっと振り返り、男たちはいきなりカメラとマイクを構えてきた。

「宮原隆一さんのパートナーですね？　そのお子さんは宮原さんとの子どもですか」

「噂はほんとうだったんですね。お子さん、もう、二、三歳ぐらいに見えますが、ご関係はいつから？　出会いのきっかけは？」

突然のことに茫然としてしまった。

何度もカメラのシャッターを切られ、志眞をかばうので精一杯だ。我が子の顔が映らないように胸に押し付ける。

「お名前を聞かせてください。おいくつなんですか？　ご出身は？」

「宮原さんとは事実婚ですか？」

「……すみません！」

「待ってください、お話を！」

慌ててエントランス内に入り、急いでオートロックを解除する。自動ドアが開いて中に駆け込み、専用エレベーターに乗り込むまで足をゆるめなかった。

芸能リポーターだろうか。

いったい、どこでバレたのだろう。

静かな住まいにすべり込むまで息を殺し、扉に鍵をしっかりかける。

「みこ……」

「あ、ご、ごめん、苦しかったよね」

胸に押し付けていた志眞が、ぷは、と息する。玄関で靴を脱がしてやると、無邪気に暖かいリビングに走っていった。

ドキドキする胸を押さえ、志眞のあとを追いながらスマートフォンを操作する。尊人もたまに見るSNSをチェックすると、トレンドに「宮原隆一」の名があった。

嫌な予感がする。

検索してみると、先日のテーマパークの写真が上がっていた。

一番リツイートされているのは三人で食事している場面だ。


『宮原隆一が若い男性と子どもの三人でいるところ見た！　恋人？　隠し子かな』

『宮原さんって独身じゃないの？』

『結婚報道もないよ。ガセじゃないの？』

『ゴーストマンションに三人で並んでたって』

『え、じゃあやっぱり家族がいるってこと？』

噂が噂を呼び、ＳＮＳ上は大騒ぎになっている。写真は他にも数枚上がっていた。どれも隠し撮りされたらしきものだ。尊人や志眞の顔もばっちり映ってしまっている。

「マジか……」

心臓がばくばくする。

悪気のない一般人の好奇心のせいで、家族団らんが脅《おびや》かされている。

急いで宮原に電話しようかと考えたが、ぐっと堪えた。彼はいま頃撮影中だ。このスキャンダルも、きっと有働が目にして彼に伝えるだろう。

「みこー？」

「あ……」

志眞のそばに行こうとしたとき、激しくインターフォンが鳴る。

不安に駆られながらも「はい」と出ると、液晶画面に見覚えのない男たちの顔がアップで映し出された。

「宮原隆一さんのパートナーですよね。お子さんもいらっしゃるとか。お話聞かせてもらえませんか？」

「いつからおつき合いなさっているんですか」

「……すみません、答えられません！」

それだけ言ってインターフォンを切り、ついでに電源もオフにした。念のために、家の固定電話のジャックも抜いた。

志眞のそばに寄り、上の空で相手をする。

きっと、有働は各メディアに手を回し、火消しに必死になるだろう。すくなくとも、来春のドラマが始まるまでスキャンダルは御法度《ごはっと》だ。

……騒ぎが収まるまで、姿をくらまそうか。

宮原と一緒に住んでいる以上、これからもリポーターや記者たちは押しかけてくるだろう。ご近所にも聞き込みをするかもしれない。

ママ友には宮原のパートナーとは明かしていないが、いつ、どこで誰が見ているともわからない。同じマンションの住人がうっかり口をすべらせる可能性だってある。

どこかに、隠れようか。

志眞を連れて、ちいさなビジネスホテルにひっそり忍ぼうか。

都心には多くのビジネスホテルがある。

夜になればリポーターたちもいったんは諦めて帰っていくだろう。張り込みを続ける者もいるかもしれないから、最小限の荷物を斜めがけのボストンバッグに詰め、志眞を抱いてここを出ていこう。

あとのことはきっと有働がうまくやってくれるはずだ。

心配なのは宮原だ。疲れて帰ってきたら志眞も尊人も姿を消していたと知ったら、さぞ驚くだろう。ショックを受けるに違いない。

かといって、行く先をメモに残せばすぐさま駆けつけてくるに違いない。それでは元《もと》の木阿弥《もくあみ》だ。

冷却期間が必要だ。

出回った噂が鎮火するまでの時間が。

切れ者の有働のことだから、いま以上に宮原のクリーンなイメージを春ドラマに絡めて全面に打ち出し、怪しい噂をかき消してしまうに違いない。

それがどのぐらいかかるか、想像がつかないが、いまはなにより志眞の安全を第一にしたい。

宮原には有働をはじめとした事務所スタッフがついている。なんとかしてくれるだろう。

そうとなったら急いだほうがいい。

積み木で遊んでいる志眞をリビングに置いて、自室のクローゼットを開ける。上の棚に保管しておいたボストンバッグを取り出し、数日分の着替えを突っ込む。

次いで子ども部屋のクローゼットから志眞の着替えを多めに取り出し、バッグに詰めた。眠る前のお友だち、テディベアのくーちゃんも。

ベッド脇に置かれた大きなくまのぬいぐるみ、わんちゃんを見つめて胸が痛む。

クリスマスはもうすぐだ。

今年、サンタクロースにお願いするプレゼントは、わんちゃんとくーちゃんの家族がいいと志眞は言っていた。

いまの時点ではクリスマス当日にプレゼントすることは難しそうだけれど、落ち着いたらちゃんと贈りたい。

準備がすんだあとは志眞に気取らせないよう一緒に遊び、早めに夕食の支度をした。

ビーフストロガノフは志眞も宮原も大好物だ。とろとろに煮込んだ牛肉と野菜を確認して子ども用の皿に盛りつけ、パンやトマトサラダと一緒に出してやる。

宮原のぶんもセッティングしておいた。レンジで温めればすぐに食べてもらえる。

なにも気づいていない志眞は喜んで食卓に着く。

宮原が帰ってくるのは零時過ぎだろう。その前にここを出ておきたい。

しばしの間悩んで、テーブルにメモを残しておくことにした。

『マスコミに俺たちのことがバレちゃいました。しばらくの間、家を空けます。心配しないで』

もっと書きたいことがあった気がしたが、言葉にならない。

夕食を食べ終え、パパが帰ってくるまで積み木遊びをしようとしている志眞を抱き上げ、「ちょっとお出かけしようか」と誘う。

「おでかけ？　ぱぱは？」

「……パパとはまたあとでちゃんと会うから。その前にちょっとだけ。ね？」

「わかた」

素直にこくんと頷く我が子にほっとし、ダウンジャケットを羽織らせてやる。くまのマフラーも巻いてやった。

玄関に置いたボストンバッグを斜めがけにし、タクシー会社に電話をかける。すぐにマンション前に来てくれるとのことだ。

「行こう、志眞」

お気に入りの靴を履いてもじもじしている幼児も、なにかしら勘づいているのかもしれない。

それでもけなげに笑い、手を差し出してくる。

そのちいさな身体を抱き上げ、尊人は部屋を出た。

三年弱、たくさんの想い出が詰まった部屋を。

マンション前に着けてくれたタクシーに乗り込み、ひとまず新宿《しんじゅく》に向かってもらうことにした。

車内でスマートフォンを操作し、いまからでもチェックインできるビジネスホテルを探す。

宮原からカードや生活費は預かっているが、無駄遣いはできない。

小綺麗なビジネスホテルを見つけて電話し、「大人ひとりに子どももひとりです」と言うと、宿泊可能だと返事が来る。

とりあえず、今夜は暖かいところで眠れそうだ。

ホテルに着く頃には志眞はうとうとしていた。

お風呂に入れるのは明日でもいいだろう。今夜はこのまま寝かせてあげたい。

ダブルベッドにむにゃむにゃ言う志眞を寝かせ、なんとかパジャマに着替えさせた。このホテルにはコインランドリーがある。着の身着のまま、ということにはならなそうだ。

明日からどうしようか。慣れていない新宿で、まずは志眞が遊べるような公園を探そうか。

いや、数日は引き籠もっていたほうがいいかもしれない。

SNSに写真が出回っているのだし、迂闊《うかつ》に外を出歩かないほうがいい。マスコミも怖いが、悪気のない一般人の目も怖い。

SNSで志眞と尊人の顔を覚え、声をかけてくるひとがいないと断言できない。

決めた。二、三日はここに投宿して、そのあとはまた別のホテルに泊まろう。宿泊先を転々とすれば、一般人の志眞と尊人は身を隠せる。

スマートフォンの時刻は夜八時。

いますぐ宮原に電話をかけたい衝動を堪え、尊人はホテル備え付けのパジャマに着替えて志眞の隣にすべり込んだ。

あのメモを目にした宮原がなにを思うのか。そう考えるとなかなか寝付けそうになかったが、志眞のすうすうと穏やかな寝息を聞いているうちにいつしか眠りに引き込まれていった。

# 9

翌日の朝、慣れないベッドで寝たせいか早くに目が覚めた、志眞はまだぐっすり眠っている。

あくびをしながらそっとバスルームへ向かい、顔を洗う。ぴりっと冷たい水で一気に目が覚めた。

朝ごはんはどうしようか。志眞が眠っている最中に、このホテルに隣接しているコンビニで買ってこようと考え、急いで着替える。

クリスマスの華やかな飾り付けをされた店内でクリームパンとヨーグルト、野菜ジュースにミネラルウォーターを買い求め、早足で部屋に戻った。

志眞はまだちゃんと寝ている。そのことにほっとし、もぞもぞと寝返りを打った丸い背中をぽんぽんと叩き、布団をかけ直した。

テレビを点け、ボリュームを最小にする。ちょうど朝の芸能ニュースをやっていた。

『俳優の宮原隆一さんに秘密の恋人と隠し子がいらしゃるそうですね！』

『ＳＮＳに投稿された写真がきっかけで発覚したとのこと、番組では宮原さんの事務所に電話取材を申し込みましたが、回答は得られませんでした』

『抱かれたい男ナンバーワンの宮原さんに恋人だけじゃなく、隠し子までいたとは年末最大の大ニュースですね』

男性と女性アナウンサーが盛り上がっている中、心臓が冷える思いだった。

もう、テレビ局まで嗅ぎつけたのだ。

そして、宮原の所属する事務所「ナイト・エンターテインメント」への問い合わせも行ったが、未回答であることもわかった。

きっと、昨夜から有働たちはマスコミ対策に追われているだろう。

『宮原さんといえば来春公開の主演ドラマが控えている大切な時期で……』

その先は聞いていられず、ぷつんと電源を落とした。

そんなことは誰に言われずともわかっている。

宮原が、自分が一番よく知っている。

サイドテーブルで充電していたスマートフォンを手にする。昨夜から電源をオフにしていた。

家を出たと宮原が知ったら真っ先に電話をかけてくるに違いない。そして、『戻ってきてくれ』と懇願《こんがん》するだろう。だが、戻れない。

そもそも、志眞と尊人の存在がバレたとなった時点で、宮原はなにも言うなと有働に指示を出されている可能性がある。

そんな状態で連絡を取れるとなったら、宮原も揺れ動いてしまうだろう。

別れる、と言ったわけじゃない。しばしの間、家を空けると書き置きしてきただけだ。

それがいつまでになるか、自分にもわからないが。

「みこ……」

「志眞、起きた？」

「ん……」

ころりと転がってくる志眞を抱き起こし、「寒くない？」と聞くと、「んーん」とかぶりを振られた。ビジネスホテルだから暖房がよく効いているのだろう。

加湿器も設置されていたので、寝ている間はスイッチを入れておいた。おかげで、ちょうどいい湿度だ。

「志眞の好きなクリームパン買ってきたよ。顔を洗ったら一緒に食べよう」

「ん！」

再びテレビを点ける。今度はチャンネルを変えて子ども向けの番組を流す。パジャマ姿でもそもそとクリームパンを囓る志眞に野菜ジュースを飲ませ、歯を磨かせる。

それから服を着替えさせ、一緒に知育番組を観た。

「みこ、ぱぱは？」

「パパは……お仕事でしばらく家にいないんだ。だから志眞と俺もちょっとホテルでリフレッシュ」

「りふ、れっしゅ？」

「いつもとは違うことをしよう。ね？」

「ん。なに？」

「そうだなぁ。くーちゃんを連れてきたから、おままごとしようか」

「おままごと！　やるやる！　しま、くーちゃんのおかあさん。みこはー……、くーちゃんのおとうと！」

「了解！」

それから小一時間、ベッドの上でおままごとを楽しんだ。子どもの発想は無限大だ。テディベアが一体いるだけで、他におもちゃがなくても楽しむ術《すべ》は知っている。

「みこちゃん、ごはんたべた？　くーちゃんはもうたべた」

「食べたよー。ごちそうさまでした」

「まま、あとかたづけするね。ぱぱ、おそいわねえ」

ドラマかなにかで観て覚えたのか。ませた喋り方にくすくす笑うものの、胸の奥がちくりと痛む。

——志眞のパパはね、とても有名なひとなんだ。みんなに愛されている。だから、俺と志眞の存在を明かせないいんだよ。

言いたくても言えない本音が胸でわだかまる。

「あーん、おそとであそびたい」

テディベアをぎゅっと抱き締めながら志眞がベッドでころころと転がる。

一応、自分用にサングラスとキャップを持って出てきた。志眞にも帽子をかぶせれば、すこしは目隠しになるだろう。

「ちょっとだけ外に出てみようか」

「うん！」

都心のホテルだから、近くに公園なんてものはない。コンビニで志眞の好きなキャラクターのおもちゃ付きお菓子を買ってあげよう。昼食もコンビニで買って、せめて夜はどこかに食べに出ようか。

コンビニに連れていってやると、志眞は一目散にお菓子コーナーを見つけ出して駆けていく。

真剣な顔でどれを買おうか悩んでいる横顔をじっと見守り、「決まった？」と声をかけると、

「……うん！」と赤いパッケージを差し出してきた。ミニカーがついたスナック菓子だ。

「ぱぱのくるまみたい」

「……そっか」

志眞の胸にはいつも宮原が棲《す》んでいる。

宮原とて、目に入れても痛くないほど志眞を可愛がってきたのだ。

いま頃、彼はどうしているだろう。

必死に尊人たちを探し回っているだろうか。

それとも、有働に諌められてじっと我慢しているだろうか。

考えれば考えるほど胸が締めつけられる。

いまは志眞のことだけ考えよう。

ホテルに戻ってミニカーで遊ぶ志眞を見守り、軽く昼食を食べ、夜はホテル内のレストランですませた。

志眞の大好きな絵本も持ってきたから読み聞かせ、なんとか一日目の幕が下りた。

テレビを点け、ミュートにする。相変わらず宮原の話題が取り上げられていた。テーマパークで撮られた写真は志眞と尊人にモザイクがかけられていたものの、プライバシーがないなとしみじみ思う。

宮原隆一という超有名人と添い遂げる覚悟はできていたはずだったが、いざ現実となると世間の好奇心の強さに怯む。

即座にテレビを消し、すでに眠りに就《つ》いている温かい志眞のちいさな身体を抱き締めた。

三日ほどホテルに身を潜めたあと、どこに行こうかと考えて思いついたのが以前まで住んでいた下町のアパートだ。

宮原と入籍したのをきっかけに部屋は引き払ったが、土地勘はある。駅前にちいさなビジネスホテルもあるし、公園やスーパーもある。

ここでしばし様子を見よう。まだマスコミも尊人の身元を掴めていないだろうから、このあたりは安全だ。

ホテル暮らしが続いた志眞を公園に連れていくと大はしゃぎだった。

見慣れない砂場で一緒に遊び、すべり台を三回すべったところで「みこ！」と駆け寄ってくる。

「なに？　もうお腹空いた？」

「んー、のど、かわいた」

「じゃ、ミルク飲もうか」

前もってコンビニで買っておいた牛乳のミニパックにストローを突き刺して渡すと、ベンチに座った志眞は美味しそうにちゅうちゅうと音を立てて飲み始める。

「みこ、ぱぱ、いつ、あえる？」

唐突な質問に言葉を失った。

「ぱぱ、あいたい。ぎゅって、してもらいたい」

ぽそぽそとしたか細い声に胸が締めつけられる。

——もしかしたら、もう会えないかもしれないんだよ。大人の都合で。

そんなことを言っても二歳児には通用しないだろう。

「くりすます、おねがいしたら、あえる？　さんたさん、おねがいしたい。ぱぱ、あいたい」

「志眞……」

志眞はまだまだサンタクロースの存在を信じている年頃だ。

ほんとうはパパがサンタさんなんだよ、と種明かしするのも忍びない。

だから黙って我が子の頭を撫でた。それから膝に抱き上げ、ぎゅっと抱き締めた。

「俺じゃだめ？」

「みこ……」

志眞も幼いながらになにかを感じ取ったのだろう。全身でしがみついてくる。

クリスマスイブまであと一週間。

この先どうするか、まったく考えが浮かばなかった。


あれからもう一つホテルを変えたあと志眞と下町のホテルで暮らし始めて二日経った頃だ。

ずっとオフにしていたスマートフォンの電源を入れると、メールがどっさり届いている。着信履歴もマックスだ。

いちいち見ずともわかる。すべて宮原からだろう。

いま見たらこころが揺れる、
声が聞きたくなってしまう。

会いたくなってしまう。

抱き締めてほしくなってしまう。

だが、すくなくともこの騒ぎが収まらないうちにあのマンションに戻るのは無理だ。

「クリスマス、どうしようかなぁ……」

明日はクリスマス・イブ。

下町のホテルで志眞を満足させてあげられるだろうか。特別な料理も用意できていないし、なによりサンタ役の宮原がいない。

大好きなパパとずっと会えていない事実は志眞のこころに暗い影を落としているだろう。

『もうすこしの我慢だから』

そう言い聞かせているが、いつまでおとなしくしていてくれるか。

いっそ、癇癪《かんしゃく》を起こしてくれたほうが楽かもしれない。

『ぱぱにあいたい』

暴れに暴れて泣きじゃくる志眞には勝てない。そうしたら自分だって折れてマンションに戻る口実ができる。

けれど、いまのところ志眞はじっと耐えている。ちいさな身体に言葉にはできない想いを溜め込んで。

泣き言も我《わ》が儘《まま》も言わない我が子を見ているとじわりと罪悪感が募ってくる。

勝手な都合で幼い子を振り回しているのだ。

志眞にとって、宮原は愛すべきパパで、有名人でも人気俳優でもない。世界にたったひとりのパパだ。

そんなことは宮原もよくわかっているだろう。だから家にいるときは笑ってしまうぐらいデレデレで、志眞が寝付くまでよき遊び相手になっている。

せっかくのクリスマスだ。明日ぐらい宮原に電話をかけて、志眞の声を聞かせてやりたかった。

そもそも、こちらが元気に過ごしているかどうか、宮原は知る術がないのだ。

愛情深い宮原のことだ。胃を痛めるぐらい不安になっているかもしれない。

とにかく、これ以上心配をかけないようにメールを返すことにした。

『ずっと連絡しなくてごめん。こっちは元気。志眞とふたりでホテル暮らししてる。隆一さんはどう？　無理してない？　俺のことで芸能記者に追いかけられてたらほんとにごめんね。事態が落ち着いた頃を見計らって戻るから心配しないで。身体に気をつけて。明日、また連絡する。志眞が声を聞きたがってるから、すこしだけでも話をしてやって』

必要以上に不安にさせないよう言葉を選び、メールを送信した。仕事中なのだろう。すぐに返事は来ない。そのことに逆に安堵《あんど》した。

仕事に没頭しているのなら、ひとまずは大丈夫だろう。そばには信頼できる有働やスタッフたちがいる。

明日のクリスマスは電話をかけて、志眞の声を聞かせてやろう。あどけない声を聞けば、宮原も安心するだろう。

これがせめてものクリスマスプレゼントだ。

パパそのものには会えないけれど、声だけでも聞くことができれば志眞もきっと嬉しいはずだ。

明日には宮原の声が聞ける。そう考えたら尊人の胸も温かくなる。

「志眞、明日はパパに電話するから」

「ほんと？　ぱぱと、おはなし、できる？」

「うん、話せる。ちょっとだけかもしれないけど、いい？」

「いい！　おはなししたい」

寝る前に教えてやると、志眞は頰を真っ赤にして喜ぶ。

「ぱぱ……あいたい。いつ、あえる？」

「ん……もうちょっとしたら」

「どれぐらい？」

「志眞がいい子にしてたら会えるよ」

「しま、いいこだよ」

「そうだね、ごめん」

あえて言わずともそのとおりだ。

「明日、電話するから」

「わかた！　しま、いいこだから、ねんねする」

興奮して眠れないだろうと苦笑いしたが、志眞は枕に頭を着けて三分もしないうちにすうすうと寝息を立てる。

尊人を――宮原を信じきっているのだ。

素直なこころをどうにか守ってやりたい。志眞の信じるこころを挫《くじ》けさせたくない。

そのためには、自分がひそかに宮原に会いに行けばいいのだ。

どんな打開策が生み出せるか。いまは考えてみてもこれといっていい案が浮かばない。

所詮《しょせん》は超人気有名人と一般人だ。

このまま行方をくらまし続ければ宮原も呆《あき》れて探す気をなくすかもしれない。

それでなんとか堪えられるのは大人の自分だ。

だけど、志眞は違う。パパと尊人を信じて眠る二歳児にこれ以上つらい想いをさせたくない。

そのことばかり考え続けてうとうとし、気づけば朝が訪れていた。

まだ寝ぼけている志眞に、コンビニで買ったパンやヨーグルトを食べさせる間、こんな暮らしを長く続けていちゃいけないなと自省する。

自分はともかく、子どもには下手でも栄養を考えた食事をさせてあげたい。

「志眞、外晴れてるよ。お散歩行こうか」

ずっと部屋にいるのでは子どもも飽きてしまうだろう。幸い、このホテルから歩いて五分ほどのところにちいさな公園がある。ゾウの乗り物とブランコぐらいだが、志眞の気分転換になるはずだ。

「いく！」

元気よく返事する志眞を着替えさせ、くまのマフラーを巻いてやったところで手を繋ぎ、ホテルを出た。

クリスマスイブ、空は青く澄みきっている。ぴりっと冷たい空気が逆に気持ちよかった。

公園で遊ぶ志眞の隣で軽くストレッチをするのもいい。

「ぶらんこ、のりたい」

「いいよ。押してあげる」

公園に着くと真っ先にブランコに駆け寄る幼児に付き添い、ちいさな背中を軽く押していたときだった。

「――尊人！　志眞！」

聞き覚えのある声にハッと振り返った。

頬が強張っていたかもしれない。

咄嗟のことにブランコに乗っていた志眞を抱き上げ、かばう姿勢を取った。

公園前に一台のタクシーが停まっている。ドアが大きく開き、長身の男が駆けてきた。

ただただ志眞を守ることしか考えられない尊人を男はぎゅっとかき抱いてきた。

宮原だ、宮原隆一だ。サングラスもマスクもしておらず、誰が見てもあの宮原隆一だとひと目でわかる。

「見つけた……見つけられた……！」

「……りゅう、いちさん……」

覆い被さる温もりが信じられなくて、どうしても声が掠れた。

「なんで……なんでここが……」

「ずっと捜してたんだよ。事務所も、有働も協力してくれた……きみと志眞が行きそうな場所を片っ端から当たって……昨日、もしかしたら、きみが以前住んでいたアパート近くにいるんじゃないかと有働に助言されたんだよ。わらにもすがる想いだった」

肩に頭を擦りつけてくる宮原の声も掠れている。どこか涙が滲んだ声だ。

「信じてよかった……会えたね。やっときみたちに会えた」

「捜してくれて、たんだ……」

「当たり前だろう？　きみは僕の運命の番で、志眞は運命の子だ。世界の果てまでも捜すつもりだったよ」

「……ばか、あなた、仕事忙しいのに……」

「仕事より大事なものができたんだよ。それがきみと志眞だ」

断言されてしまえば目縁が熱くなる。ほろりと頬を伝う涙を、温かいひと差し指が拭い取ってくれる。

「顔、見せて」

力をゆるめた宮原が身体をすこし離した途端、「ぱぱ！」と声が上がった。

「ぱぱ！　ぱぱ！」

「志眞……！」

必死に抱いていた志眞がちいちゃな両手をいっぱいに伸ばし、宮原を求める。

真っ赤に頬を染めた我が子に、宮原が涙を滲ませた。そしてもう一度抱き締めてくる。志眞ごと尊人を強く、強く。

「ぱぱぁ……しま、いいこ、してた。さんたさん、ぱぱ、くれた」

「志眞ほどいい子は世界のどこを捜してもいないよ」

涙が次々にあふれるけれど、胸は熱い喜びに満たされていた。

「俺が勝手に家を出たのに……わざわざ捜させてごめん。……ありがとう。俺もあなたに会いたかった」

「僕のほうがずっときみたちに会いたかったよ。有働が『休みなさい』って言うほどにね」

あらためて見ると、シングルのカシミアコートを雑に羽織った宮原は髪がところどころ撥《は》ねているし、目の下にうっすら隈《くま》ができている。

死に物狂いで捜してくれたのだろう。

以前よりやや削げた頬をそっと指の腹で撫でた。

「ごめんね、でも、ほんとうにありがとう。俺が変な意地を張ったからあなたに無理させて」

「謝らないで。知らないうちに僕はきみたちに窮屈な思いをさせていたのかもしれない。僕が俳優としてすこしばかり名が売れているということが、きみと志眞には重荷だったかもしれないね。でも——」

「……でも？」

「離れたくないんだ。なにを失っても、きみたちのそばにいたい。俳優の宮原隆一じゃなくて、ただのひとりの男として、きみと志眞を守っていきたい。愛してるんだ」

率直な言葉が胸の真ん中を撃ち抜く。

彼の言葉は、自分の言葉だ。

すべてをなげうってでも、志眞を守りたかった。そして、宮原は宮原隆一でいてほしかった。

華麗な宮原の経歴に傷をつけたくなかったのだ。

彼はまだまだ成長していく。俳優として名を売っていく。そこに、自分たちが割り込むことで人気が下がったらと思うと申し訳なさが募る。

「きみたちふたりがいてくれなかったら僕は生きていく意味がない。……初めての家族を大事にしたいんだ」

初めての家族。

宮原の生まれ育ちを知っているいまでは、その言葉の大切さが染みる。自分とて、愛に飢えた生き方をしてきたのだ。

街のガチャガチャで引き当てた男が運命の番になろうとは夢にも思っていなかったが、ふたりの間でジタバタしている志眞に視線を落とす。

「……もう、俺たちは家族だよ。ずっと前から」

「ああ、そうだ。そうだね。これからもずっと家族でいよう」

「ぱぱ、みこ。なかよし」

幼子の可愛い声に、互いにくすりと笑った。

「しま、ぱぱ、みこ、なかよし。うれしい」

「俺も。志眞と隆一さんが大好きだから」

「ふたりを愛している男は世界中でも僕だけだよ」

志眞が宮原に抱きつき、そこに尊人が覆い被さる。そのすべてを守るかのように宮原の腕が回り、三人は晴れた冬空の下、強く抱き締め合った。

愛だけがもたらすことのできる温もりが、いま。

# 10

三人でいったんホテルに戻り、荷造りをしてタクシーを捕まえ、久しぶりに宮原宅へと帰ってきた。

車内で志眞は大興奮していた。

「さんたさん、すごい。ぱぱ、あいたいって、ずっとおもってた。おねがい、かなった。さんたさん、すごいねえ」

「ほんとうだね。志眞がめちゃくちゃいい子だったから、サンタさんも慌てて来てくれたんだ」

「さすが僕たちの志眞だ」

「うん！」

べたべたと甘えまくる志眞に宮原は相好《そうごう》を崩し、されるがままにしていた。何度も志眞に頬擦りし、鼻をつままれても、くちびるを引っ張られても笑っていた。

あまりにはしゃいだのだろう。部屋に着く頃には宮原の腕の中でぐっすりと眠っていた。

子ども部屋のベッドに横たえると、ころんと丸くなって穏やかな寝息を立てる。そばにテディベアのくーちゃんを置いてやると、ちいさな手がくまを引き寄せる。

「最高のクリスマスプレゼントだね」

顎まで羽毛布団を引き上げてやり、かたわらで膝をつく宮原を振り返る。

「いつまで見ていても見飽きないよ。夢にまで見たんだ。尊人も志眞も、もう離さないよ」

「……うん。何度お礼を言っても言い足りない。迎えに来てくれてありがとう」

「昔から王子様は必死になって迎えに行くものだろう?」

「ふふ、俺はお姫様って柄じゃないけど」

「なら、王子同士の契《ちぎ》りをもう一度交わそう」

熱っぽい囁きに背筋がぞくりとなる。

「……志眞はそう簡単に起きない子だから……」

「その間に、ね?」

耳元で囁かれ、こくりと頷く。

離れていた間、自分を慰めたことは一度もなかった。ただひたすら、宮原を想っていたから、つたない自慰をしようという気になれなかったのだ。

肩を抱かれて立ち上がり、子ども部屋の扉を閉めて、ふたりのベッドルームに入る。まだ昼間だから遮光カーテンを閉じ、やわらかなナイトランプを点ける。

ふたりでベッドの縁に腰掛け、しばし見つめ合った。照れくささと恥じらいがない交ぜになり、なにを言えばいいかわからない。

沈黙を破ったのは宮原だ。

「——尊人。こっちを向いて」

低い声で名前を呼ばれ、胸が躍った。

出会ったときから紳士的でやさしかった宮原のほんとうの顔を見た気がする。

ほんとうの顔——男の顔。

「きみを丸ごと愛したい。初めてのときよりもっと熱く」

「もっと、……熱く？」

「きみを食べちゃいたいぐらいだよ」

くすっと笑う宮原がくちびるの脇にちゅっとくちづけてくる。

すこしずつくちびるが近づいていって、真ん中で重なった。

久しぶりの——ほんとうにひさしぶりのキスに舞い上がってしまう。息するのを忘れて、宮原のくちびるの弾力に溺れて夢中になって吸い合った。

熱く、やわらかな宮原のくちびる。

重ねれば重ねるほど離れがたくて、ずっと吸い合っていたい。

ちゅっちゅっと可愛らしい音を立てているうちに身体の奥がもじもじしてきて、もっと宮原を求めたくなる。

それは彼も同じだったのだろう。くちびるを割ってぬるりと挿り込んできた厚めの舌に搦め捕られ、頭の芯が痺《しび》れるほどに気持ちいい。

「ん……ぅ……っ……ふ……っ」

とろりとした唾液が伝わってきて、こくんと喉を鳴らした。宮原の舌はすこし大きめで、口内を蹂躙《じゅうりん》されるのがたまらなく心地好い。

うずうずと舌の表面を擦り合わせているうちに口の中が蕩けてきて、甘酸っぱい気持ちになる。

宮原も激しく求めてくれているのだ。

舌先を甘嚙みされて、ぴりっと快感が走り抜ける。くぐもった声を漏らすと後頭部をぐっと摑まれ、もっと強く吸い上げられた。

今度は容赦がない。狂おしいほどに舌を吸われて食まれていくうちに宮原が覆い被さってきた。

「……あ……」

シャワーを浴びさせて、という言葉は濃密なキスでかき消される。

「いますぐ尊人が欲しい」

「……俺も」

視線を絡め合い、濡れたくちびるをかすかに開く。早くも喘ぎめいた声が漏れ出てしまうのが恥ずかしい。

宮原を欲しいという気持ちは本物だが、それを行動に移す勇気がまだないのだ。

そんな胸の裡を悟っているのだろう。宮原がちいさく笑って首筋にくちづけてきて、舌先で鎖骨の溝をなぞってくる。

普段意識していないところが、宮原によって目覚めさせられていく。

斜めに切り立った骨をちろちろと舌で嬲られながらセーターをまくり上げられ、Tシャツの上からかりかりと尖りを爪弾《つまび》かれた。

「ん、っ」

離れていても、宮原の愛撫を覚えている身体だ。

主張を始めている乳首の根元をつままれる快感に身をよじると、すっぽりとセーターを頭から脱がされる。Tシャツも一緒に。

胸の先端に吸い付かれて、甘痒さに身悶えた。

そこを愛されると、いつも身体の真ん中が熱くなる。それと同時に、手をどこに置いたらいいかわからなくて、ぎゅっと拳を握って口元に当てるのも常だ。

たぶん、この先、抑えようのない喘ぎがほとばしるから。

ちゅくちゅくと乳首を嚙み転がされ、鋭い疼きが胸の先から駆けめぐってくる。尊人の気持ちいいところをすべて知っている宮原にかかったら、ものの数分で啜り泣いてしまうぐらいだ。

「や、……そこ、ばかり……」

「気持ちいいくせに」

やさしい声音に彼の髪を摑んでくしゃくしゃにしてやった。くすぐったい、と笑う声が愛おしい。

ツキンと尖った先端を親指とひと差し指で揉み込まれると、じりじりした快感がそこから全身に広がっていく。

絶え間ない軽い飢えのような悦《よろこ》びにますます身の置き場がなくなって、喉を反らした。

「あっ、あ、ん、ん、んぅ、う……」

「もう我慢できなくなってきた?」

「ん、ん、胸以外の、とこも、触って……」

「もちろん」

するりと手が下肢に伸びてジーンズのジッパーをゆっくり下ろす。途中、何度か引っかかってしまうのが快感の証しを示していて恥ずかしい。

下着ごとジーンズを引き下ろされて、ぶるっと鋭角にしなる肉茎が飛び出た。大きな骨っぽい手に包まれた瞬間、あまりの愉悦にびゅくりと放った。

「あ……っ！」

「いい反応だ。僕を待ってくれていた証拠だね」

「んっ、は、っ、あ、あ、ごめ、ん……」

宮原の手のひらを熱いしずくで汚したのかと想うと、かっと頬が熱くなる。

「ごめん……や、やだ、舐めないでよ」

指先にしたたる精液をぺろりと舐め取る宮原の淫らな舌の動きに見入ってしまう。

「美味しい。濃いな」

「……もう！　……もう、俺ばかり……」

「だってきみが可愛いのが悪い」

「……それ、完全に言いがかり……俺だって、男だよ？」

「そうだね。だから愛してる」

まだ息が弾んでいるが、みぞおちに力を込めて上体を起こした。

向かい合わせに座り、彼の頬に指をすべらせ、そのままつたなく服を剝がしていく。鍛え抜かれた身体があらわになっていくにつれ、顔が真っ赤になっていくのがわかる。

誰かを裸にしたのはこれが初めてだ。

頼り甲斐のある広い胸、引き締まった腹。がっしりした腰つき。ウールのスラックスを脱がすとき、自分でも可笑しくなるぐらい緊張していた。宮原は微笑んだままだ。

「余裕、あるよね、隆一さん……」

「尊人よりは大人だから」

「なんかずるい……」

ぼやきながらボクサーパンツの縁を引っ張れば、逞しい屹立《きつりつ》が現れた。

「すご……なんで、こんなに大きくなってるの」

「尊人を抱いてるから」

ストレートな物言いに頭がゆだりそうだ。

濃いくさむらからそそり勃つ肉棒に震える指を添え、そろそろと握る。強めの陰毛を指先でかき回し、おそるおそる顔を近づけていく。

「尊人……」

「……あなただって、俺のものになって」

蜜が滲む先端にちゅっとくちづけた勢いで、そのまま亀頭を頬張った。

「……っ」

宮原が息を呑む。

下手だろうけれど、初めての口淫だ。このこころを全部宮原にあげたい。くびれをじっくりと舐め回し、張り出したカリの形を口の中で知る。すべてを頬張るには大きすぎるから、両手を添えて根元から扱き上げた。自分がされて気持ちいいことを再現しているのだ。

「ん……ふ……っん……」

太く浮き立った筋も丁寧に舐め上げていく。そうする間にも先端のくぼみからしずくがとろりとしたたり落ちてきて、ちゅっちゅっとキスを降らせていく。

「……尊人……ずるいよ、きみばかり」

「仕返し。いつも俺ばかり……されてるから」

「じゃ、こういうのはどう?」

言うなり宮原が寝そべり、尊人の腰を引き寄せ、ぐるりと逆向きにする。またがった尊人は秘所を宮原の顔の前に晒す格好になってしまい、慌ててしまう。

「ま、って、待って、これ……」

「お互いに、ね?」

甘くそそのかされ、腰骨を摑まれる。まだ硬さを残した性器を手のひらに包まれ、先端をちゅうっと吸われた。

「あ……！」

快感にびくんと背筋を反らしたものの、自分だって負けていられない。

熱く滾《たぎ》る意識で目の前の太竿を口に含み、じゅるりと吸い上げる。

生々しい弾力が嬉しかった。宮原も感じてくれているのだ。

「んっ、ん、ぅ、ふ、ぅ……んっ」

荒い息遣いの中、宮原の雄《おす》を愛した。宮原の舌遣いはもっと淫猥だ。先端の割れ目を舌先で抉り、ちろちろと啜ってくる。

甘蜜がどんどん身体の奥からあふれ出してきて、止まらない。

「もうぐっしょりだ。ここに蜜がいっぱい詰まってる」

陰嚢を舌先でつつかれ、「ん……！」と声を殺す。このままではまた達してしまう。それだけは嫌だ。嫌だというより、宮原と一緒に感じたい。

「りゅう、いち……っさん……」

丸い尻を両手で摑んだ宮原が左右に割り開き、窄まりに舌を這わせてきた。突然のことに身体が強張るが、尖った舌先の侵入は止められない。

指で押し広げられた孔の中へ舌が挿り込み、にゅぐにゅぐと犯していく。

「や……や……あ……っあ……っ……」

尻に食い込む指の感触がやけにリアルだ。中を舐められる感覚はもっと鮮やかで、もうどこも隠すことができない。

舐め蕩かされた秘所に指がそうっと挿ってくる。肉襞が飢えたようにすぐに絡み付いてしまうことに羞恥心が募るけれど、快感は暴走していた。

「やわらかくて熱いな……繋がったらすぐに達しそうだ」

「あ、ん、や、そこ、……っそこ、擦るの……や……っ」

「お尻が揺れてるよ、尊人。気持ちいい？」

「ん、く、……ん、……っ……、いい……」

むっちりと盛り上がる尻をむにむにと揉み込まれるのも気持ちいい。

そんなところ、感じるなんて思わなかった。

指が皮膚に食い込むたび、じわりとほのかな快楽がこみ上げてきて、いやらしく腰を振ってしまう。

肉洞を擦る指は長い。見た目はすらりとした大人の男の手だが、身体の内側で感じるとまた違う。尊人の弱いところを暴くように上向きにすりすりと撫で回し、ふっくらと重たくなっていく部分をじっくりと責められる。

「あ、っ、や、や、んー……っ！」

宮原に教わったことのひとつに、前立腺を擦られる快感があった。そこを指の腹で撫でられるとたまらなくせつなくなる。

勝手に腰が揺れ、もっと口で宮原を愛したいのに途切れ途切れの声しか出ない。

ぎりぎりいっぱいまで指が挿り、やさしく中をかき回して、すうっと抜け出ていく。そのたび、きゅっと締め付けてしまうのが恥ずかしいけれど、もう本能に呑み込まれている。

尊人の意思よりも、身体は正直だ。

うっすら汗ばんだ尻を強めに揉まれてじわじわと射精感が募ってくる。

「おね、がい、……だ、め、も、……もう、これ以上……焦らさない、で……」

「中もやわらかくなったね。蜜でとろとろだ。……僕も我慢できない」

背後からのしかかられ、ほどけた窄まりにぐうっと雄芯が押し当てられた。

何度交わっても、この瞬間は期待と不安がない交ぜになる。

そっとしておいてほしい気持ちと、ぐちゃぐちゃにしてほしい気持ちが振り子のように行ったり来たりして、取り乱しそうだ。

「……尊人」

「ん、んーーーンぁ、あっ、あ……！」

凶悪なほどに漲《みなぎ》った雄がずくりと抉り込んでくる。一瞬、息が止まった。中を犯される快感は新鮮で、入り口にくびれが引っかかった瞬間、きぃんと快感が駆け抜けて軽く達した。

射精をともなわない絶頂も、宮原に教わったものだ。

腰骨をしっかり摑んだ宮原がずくずくと押し込んでくる。

久しぶりの情交に彼も箍《たが》が外れたみたいだ。張り出したエラで何度も敏感な入り口を嬲り、ずうっと奥へと挿ってくる。そのたびにもったりとしこる場所を大きな亀頭で擦られ、声が止まらない。

「いい……っ……りゅう、いち、さん……おっきい……っ」

「きみも甘く締め付けてくる……おかしくなりそうだよ」

激しく突きたいのをなんとか堪えているのだろう。ゆったりと抜き挿ししながら宮原が背中にくちづけてきて、尊人のうなじにかかる髪をかき上げる。

「きみをほんとうの番にしたい。嚙んでもいいかい？」

「ん、ん、嚙んで……嚙んで……」

そこを嚙まれたら、生涯、宮原の伴侶として生きていく。

その覚悟はもうとっくにできていた。

ふうっと熱い吐息がかかり、次の瞬間ぎっちりと歯を突き立てられた。力の加減なしに強く嚙まれた衝撃に思わず吐精し、啜り泣く。

「あっ、あ、いい、いい……すごい……いいっ……もっと、もっと嚙んで……！」

「言われずとも」

ほっそりしたうなじに繰り返し頑丈な歯が食い込む。傷痕《きずあと》が残るほどにきつく嚙まれながら突かれるたびにびくびくと身体が震え、白蜜がぱたぱたっとシーツに散った。

「あ、あ、いいよぉ……っだめに、なる……だめになっちゃ、う……」

「そんなきみも愛してる」

宮原だけのオメガとして発情し、体温は上がる一方だ。

意識しなくても突き刺さる肉棒をきゅうっと淫らに締め付けてしまい、ずっと体内にとどめておきたくなる。

「突いて、……もっと、奥、……っずんずん、って、して……隆一さんの、太いので……っ」

「きみは僕をだめにする天才だな。大丈夫。僕の全部をあげる」

ずりゅっとねじり挿ってくる太竿が最奥に届き、「あ――！」と背中を反らした。

「届いた？」

「っん……！」

そこに触れられたのは初めてだ。

長大な肉竿だけが届く場所。肉襞をこじ開けて最奥に達したとき、尊人はふわりと意識を白く

し、次々に押し寄せる絶頂に呑み込まれていく。

「ア――……ッ……ん、ぁ……っ！」

びりびりと中が甘く痺れる。そのタイミングを見計らっているかのように宮原はずくずくと貫いてきて、最奥を暴く。

甘蜜も手伝ってじゅぽじゅぽと卑猥な音が耳に響き、いたたまれないけれど、これ以上ないぐらい身体も意識も燃えている。

「はげし……っあ……っあ……っこわれ、ちゃ、……っ」

「壊さないけど――壊したいな」

だんだんと激しさを増していく宮原に追いつきたくて、でも追いつけなくて、必死にシーツを摑みながら腰をたどたどしく揺らした。

呼吸が合うと最奥をぐりぐりと亀頭で抉ってもらえて、媚肉が甘く雄芯に絡み付く。

イきっぱなしで、どうにかなってしまいそうだ。奥を突かれ、うなじを噛まれ、まだ快感の先があるのだと知る。

「顔が見たい。見せて」

繋がったままぐるりと身体をひっくり返され、正面から宮原が突き込んできた。さっきとは違う場所を抉られ、身悶えながら啜り泣き、彼の逞しい腰に太腿を絡み付ける。そうしてすりっと内腿で撫で上げ、つたない媚態で宮原を誘う。

「だめ、……っずっと……ずっと、イってる……っ……」

涙声で訴えれば、宮原が尊人の頭を抱え込んでずくんと強く突いてきた。

「あ、あ、あ、……なんか、きちゃう、くる、くる……っ」

「一緒がいい」

「っん、ん、んぁ、あ、イく、イっちゃう……っ！」

張った弓がしなるようにぎりぎりまで身体を絞り、宮原にしがみついて絶頂へと押し上げられていく。

最高に気持ちよくて、声も出ない。ただただ身体が震え、一時たりとも宮原から離れたくなかった。

どっと最奥にしぶきが放たれ、散々擦られて火照った襞を潤していった。飲みきれない残滓が狭間からこぼりとあふれ出ていくのがやけに卑猥だ。

宮原も絶頂の余韻に浸っているようで、ゆるく、何度も抜き差しを繰り返す。そのたびにこころが甘く震え、尊人を立て続けに極みへと連れていく。

互いに息が弾み、肌も汗ばんでいた。どこもかしこもぴったりと重なり合って、すこしも隙間を作りたくない。

ふふ、とちいさく笑って宮原がやさしくくちづけてくる。

「いままで生きてきた中で一番気持ちよかった」

「……俺も。ほんとに変になった……」

「すごく可愛かったよ」

鼻の頭、額、頬にキスを降らされて、くすぐったさに笑ってしまう。

まだ繋がっている。

まだ奥が蠢《うごめ》いている。

宮原のものがむくりと硬くなるのを感じて頬を赤らめ、「……もう？」と上目遣いに見やった。

こんなにぐずぐずの身体では説得力がないけれど。

「何度でも」

宮原が腕の中に尊人を閉じ込め、ゆっくりと動きだした。

「何度でもきみが欲しいんだ。だめ？」

「……だめじゃない。あげる。全部。俺の全部……もらってくれないと困る」

「じゃあもらう。尊人の全部」

尊人も彼の首に両手を回し、顎を上向けた。すこし生意気に、でも自分のこころに正直に。

くちびるが再び重なる先に、次の欲情が待っている。

11

「どう？　俺の格好、変じゃない？」

「世界一格好よくて可愛いよ。尊人も志眞も、僕にとって一番だ」

手放しの賛辞に思わず笑ってしまった。腕に抱いている志眞も口元を手で覆い、くすくす笑っている。

三人とも、凜とした黒のタキシードに身を包んでいた。

「志眞、今日は大事な発表会だよ。たくさんカメラが向けられると思うから、笑ってね」

「ん！　しま、かめら、だいすき。ぱしゃぱしゃされたい。でも、なんで？　なんで、ぱしゃぱしゃされるの？」

素直な疑問に、艶めいたスーツがぴしりと似合う宮原が微笑み、志眞のやわらかな黒髪をやさしくかき回す。

「パパと尊人と志眞が家族になったんだよって、みんなにお知らせするんだよ」

「ないしょ、だったの？」

「ちょっとだけね。志眞がお喋りできる年頃になったから、みんなにも教えてあげようって尊人と相談したんだ。志眞はどうだい？　賛成してくれる？」

「うん！　ぱぱ、みこ、しま、なかよしって、いう！　ずっと、ずっと、なかよしっていう」

愛らしい幼児の素直な言葉なら、詰めかけているマスコミも皆、微笑むだろう。

年も明け、松の内。

尊人は志眞を抱いて、都心の高級ホテルの控え室で時間を待つ宮原に付き添っていた。

清々《すがすが》しく晴れた冬の陽が射し込む今日、宮原は尊人と番になり、志眞という子をもうけているのだと記者会見を行うことになっている。

この発表には、宮原の強い意志が働いた。

昨年末に尊人と志眞が家を離れていた間、ほんとうに気落ちしてしまったのだとマネージャーの有働が気の毒そうに笑いながら教えてくれたのだ。そして、『これ以上隠す必要もないでしょう』とあと押ししてくれた。

この発表が春から始まる新ドラマの邪魔をしないかと案じたけれど、世間はすでに宮原にパートナーがいることを知り、祝福ムードに包まれていた。

『隆一さんはこれまで世間的に浮いた噂がありませんでした。そんな彼がひそかに二年もの間、家族を大事に守ってきた――これは今後大事な武器になります』

『武器、ですか？』

『いままでは抱かれたい男ナンバーワンでしたが、今後は結婚したい男ナンバーワンになるでしょう。志眞くんという可愛い存在も一助となってくれますよ』

さすがは敏腕マネージャーだ。事務所全体で相談に相談を重ね、これからの宮原隆一のキャリアを考えたとき、しっかりとした家族がいることはスキャンダルどころか、よきイメージ転換になると考えたようだ。

『隆一さんと尊人さん、志眞くんにシチューのＣＭオファーが来たら真っ先に受けます』

そうも言っていたなと思い出し笑いをしていると、宮原が志眞を抱き取り、「どうしたんだい、楽しそうな顔して」とのぞき込んでくる。

「有働さんも事務所の皆も、いいひとだなって。隆一さんはほんとうにいいひとたちに愛されてたんだなって思ってたとこ」

素直な心境を口にすると、宮原はきょとんとした顔をする。

愛に飢えていた男はもういない。

愛をガチャガチャに詰め込んで賭けに出た男は、いま、志眞という宝物を大切そうに抱き締め、尊人の前に立っている。

弟の眞琴とも久しぶりに電話し、『結婚することが発表されるんだ、宮原隆一さんって俳優さんと』と言うと、『あの宮原隆一!?』と驚いた声が返ってきて笑ったものだ。近いうちに両親にも報告するからと伝えると、眞琴はいたく喜んでくれた。

きっと、すべていい方向に進んでいける。いまならそう言える。

「ずっとずっと前から、隆一さんは大勢のひとに応援されて、愛されてきたんだよ。それは、あなたが真正直に成し遂げたことだよ。ただ、そのことにあなた自身が気づいてなかっただけ。大丈夫。俺と志眞がこれから先、嫌っていうほど愛していくから」

「嫌なんて言う日が来るわけない。僕のほうから先に愛してるって言うよ」

「俺のほうが先」

「僕が先だって」

「しまが、さき!」

他愛ない言い合いに勇んで乗り込んでくる志眞に笑い崩れ、大きな窓から入るきらきらした陽の光に目を細めた。

笑うには、力が必要だ。泣くことには、責を負う。

そのふたつの真実を知っているいまだからこそ、宮原隆一という世界にふたりといない男の番として、志眞を守りつつ、顔を上げて生きていきたい。

今日が、その第一歩だ。

「さあ、行こうよ。俺の大事なひとが世界中に愛されてる瞬間、見届けなくちゃ」

「頼もしいな。きみと志眞がいれば僕はなんでもできるよ」

愛してる。

何度言っても飽きないし、何度言っても満たされる魔法の言葉を互いに向け、尊人は志眞を抱いた宮原とともに控え室を出た。

会見の場となる大広間にはすでに多くのマスコミが詰めかけ、三人が現れるのをいまかいまかと待ち構えている。

「大丈夫」

「うん、大丈夫」

ともに過ごしてきた日々、繰り返してきた言葉。

頷き合い、志眞を抱いて金屏風《きんびょうぶ》の前に立つ。

まぶしいカメラのフラッシュに目を奪われながらも、昂然《こうぜん》と顔を上げた。隣に立つ宮原がそっと背中を支えてくれていた。

そして、三人そろって微笑んだ。

いままでで一番の笑顔で、凜として。

「――本日はお集まりいただきまして、まことにありがとうございます」

# あとがき

はじめまして、またはこんにちは。秀香穂里《しゅうかおり》です。

ガチャガチャ、やったことがありますか？　わたしはたまにチャレンジしています。最近、駅ナカにガチャガチャを設置しているところが多いですよね。好きなゲームやアニメ、漫画のフィギュアをゲットするのも楽しいですが、ミニチュアのキッチンセット、家具などもほしくなってしまいます。

そんなカプセルトイから運命の番が出てきたら……？　という思いつきで、今回の話ができあがりました。

挿絵は、『愛《あい》されオメガの授《さず》かり婚《こん》』でご一緒させていただいた八千代《やちよ》ハル先生です。

想像以上に可愛いイラストをちょうだいできて、嬉しいかぎりです……！　八千代先生の描く、やわらかで愛があふれるイラスト、大好きです。メインのふたりはもちろんのこと、ちびっこの志眞《しま》もめちゃめちゃ可愛く描いてくださり、ほんとうにありがとうございました。

表紙もたくさんパターンを描いてくださり……担当さんと嬉しく頭を悩

ませました。日の目を見なかったラフも、読者の皆様にお見せできたらいいのに〜！　と思っています。

お忙しい中、ご尽力くださり、ほんとうにありがとうございました。こころよりお礼を申し上げます。

担当様。好き勝手やらせていただけて楽しいです。ご迷惑をおかけしますが、今後ともなにとぞよろしくお願いいたします。

そして、この本を手に取ってくださった方へ。

最後までお読みくださってほんとうにありがとうございます！

ガチャガチャで憧れのあのひとの握手券が出てきたらびっくりしませんか？　そのうち、ほんとうにそんなガチャガチャが出てきそうですよね。

一万円出してもいいです（笑）。

相変わらず、溺愛あまあまの本となりましたが、すこしでも楽しんでいただければ幸いです。

# あとがき

この本が出る頃は梅雨時期でしょうか。湿度の高い時期はちょっと苦手なのですが、太陽がさんさんと輝く夏が今年もやってくると思うだけでわくわくします。

そして、クロスノベルスさん二十周年ですね。ほんとうにおめでとうございます！　私事ながら、作家業二十年目にあたる年なので、こうしてクロスさんのラインナップに加えていただけて光栄です。

これからも、しあわせな話を書いていきたいと思っています。よかったら見守ってやってくださいね。

また、次の本で元気にお会いできますように。

CROSS NOVELSをお買い上げいただき
ありがとうございます。
この本を読んだご意見・ご感想をお寄せください。

〒110-8625
東京都台東区東上野2-8-7　笠倉出版社
CROSS NOVELS 編集部
「秀 香穂里先生」係／「八千代ハル先生」係

CROSS NOVELS

# 紳士アルファと甘い婚礼

著者
秀 香穂里


2022年6月23日　初版発行　検印廃止

発行者　笠倉伸夫
発行所　株式会社 笠倉出版社
〒110-8625　東京都台東区東上野2-8-7　笠倉ビル
[営業]TEL　0120-984-164
FAX　03-4355-1109
[編集]TEL　03-4355-1103
FAX　03-5846-3493
http://www.kasakura.co.jp/
振替口座　00130-9-75686
印刷　株式会社 光邦
装丁　Asanomi Graphic
ISBN 978-4-7730-6336-3
Printed in Japan

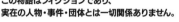